Strasbourg
1867

Friedrich von Schiller

La Fiancée de Messine

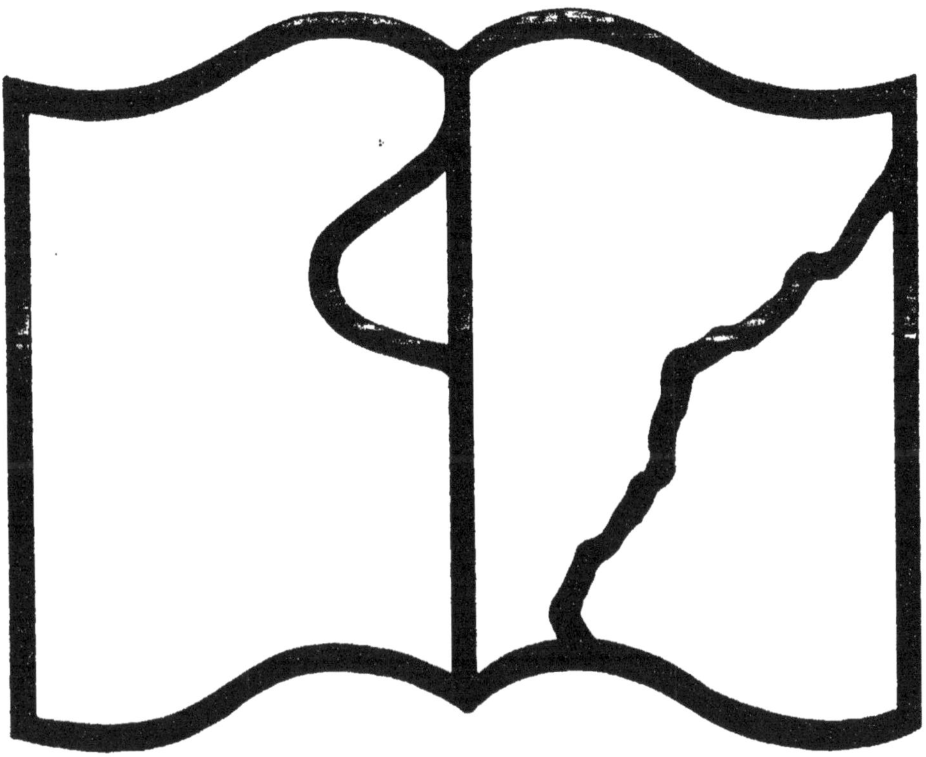

Symbole applicable
pour tout, ou partie
des documents microfilmés

Texte détérioré — reliure défectueuse

NF Z 43-120-11

LA

FIANCÉE DE MESSINE

DE

SCHILLER

TRADUITE EN VERS

PAR

THÉODORE BRAUN

STRASBOURG
TYPOGRAPHIE DE G. SILBERMANN
1867

Du même traducteur

Trois tragédies de Schiller (*don Carlos*, *Jeanne d'Arc*, *Guillaume Tell*), traduites en vers. Strasbourg, typographie de G. Silbermann. 1858. 1 vol. in-12.

Marie Stuart, de Schiller, traduite en vers. Strasbourg, Treuttel et Würtz. 1861. 1 vol. in-8°.

Wallenstein, de Schiller (*le Camp de Wallenstein*, *les Piccolomini*, *la mort de Wallenstein*), traduit en vers. Strasbourg, Treuttel et Würtz, 1861. 1 vol. in-8°.

La *Fiancée de Messine* est une tragédie d'après l'antique.

Schiller, dans la préface qu'il y a mise, sous le titre : *De l'usage du chœur dans la tragédie*, a voulu justifier cette imitation du théâtre des Grecs.

Il est difficile, à cet égard, d'être entièrement de son avis, et l'on peut douter qu'il eût renouvelé sa tentative, même si la mort, déjà prochaine pour lui au moment où paraissait la *Fiancée*, n'était venue y mettre obstacle.

Dans cette même préface, il va au devant de la critique qui lui reprocherait d'avoir employé, en les mélangeant, et la religion chrétienne, et le polythéisme des Grecs, et jusqu'à certaines superstitions mauresques : « Le lieu de l'action, dit-il, était à Messine, où les trois religions, soit par elles-mêmes et vivantes, soit par leurs monuments, avaient leur influence et parlaient aux sens. » Il semble cependant que plus d'un personnage aurait dû s'abstenir de cette confusion, dont l'auteur s'excuse surtout en invoquant la liberté du poète.

Quelque jugement que l'on porte sur la *Fiancée de Messine*, du moins serait-il impossible de ne pas être d'accord avec ceux qui la déclarent une des œuvres les plus remarquables de la littérature allemande par l'harmonie, la vigueur du style et l'inspiration lyrique des chœurs.

Aussi, de toutes les tragédies de Schiller, est-elle, sans contredit, celle qui présente le plus de difficultés à un traducteur.

Schiller ne l'avait partagée en actes et en scènes que momentanément et à l'époque où il l'a fait représenter. Elle a été écrite et toujours imprimée sans cette division.

J'ai cru pouvoir la rétablir pour venir en aide à l'attention du lecteur, mais sans rien retrancher de la pièce, qui avait été abrégée pour la représentation.

Pour la représentation encore, Schiller avait donné des noms aux chevaliers chargés de dire les diverses parties du chœur.

Bien que ces appellations aient été maintenues entre parenthèses dans toutes les éditions du grand poète, je les ai supprimées comme étant au moins inutiles.

La *Fiancée de Messine* clôt ma traduction.

Il me reste à en réunir dans une seule édition les volumes publiés successivement et en formats divers.

A défaut des mérites qu'on peut lui contester, cette traduction aura du moins celui d'être la première complète, en vers français, des œuvres que Schiller a lui-même écrites en vers pour le théâtre.

Strasbourg, le 23 mars 1867.

PERSONNAGES.

ISABELLE, princesse de Messine.
DON MANUEL, } ses fils.
DON CÉSAR, }
BÉATRICE.
DIÉGO.
DEUX MESSAGERS.
CHŒUR, formé de la suite des deux frères.
LES ANCIENS DE MESSINE, personnages muets.

Préface.

La traduction que l'on va lire ne saurait donner qu'une idée bien imparfaite du chef-d'œuvre de S[illegible] car l'auteur n'a pas eu les ressources intellectuelles nécessaires pour mener à l'honneur du vers français son entreprise titanesque.

Nous espérons donc que les jeunes étudiants à l'usage desquels est destinée cette traduction voudront bien se montrer indulgents. Certes le poème allemand a des qualités remarquables mais l'infériorité des vers de la traduction et les bizarreries de leur coupe ne sauraient faire voir avec tous leurs avantages les ressources de l'alexandrin classique. Nous demandons pardon à Corneille et à Racine pour les méchants vers que nous soumettons à l'approbation toujours éclairée de la jeunesse des écoles.

Vu et approuvé

Jules Ferry

Appr.

ACTE PREMIER.

LA FIANCÉE DE MESSINE.

ACTE PREMIER.

UNE VASTE SALLE A COLONNES. DE CHAQUE CÔTÉ, UNE ENTRÉE. AU FOND, UNE GRANDE PORTE A DEUX BATTANTS, QUI CONDUIT A UNE CHAPELLE.

SCÈNE PREMIÈRE.

ISABELLE, en grand deuil; les ANCIENS DE MESSINE, rangés autour d'elle.

ISABELLE.

Si, laissant ma retraite et son profond silence,
J'ai des chefs de Messine appelé la présence,
Si je viens découvrir mon visage à vos yeux,
Ce n'est pas de moi-même : un soin impérieux
M'y condamne; la veuve à laquelle la vie
D'un époux, son soleil et sa gloire, est ravie,
En des murs retirés doit cacher à tout œil,
Et sa sombre tristesse, et ses voiles de deuil.
Mais, au jour que je fuis une voix me rappelle;
Elle est toute-puissante, inflexible : c'est celle
Du devoir que me fait le moment où je suis.

Nous n'avons pas deux fois vu de l'astre des nuits
Se reformer le disque en entier depuis l'heure
Où j'ai conduit l'époux, le prince que je pleure,
A son dernier asile. En maître souverain
Il vous a gouvernés, et sa puissante main,
Contre un monde ennemi, qui de partout vous presse,
A su vous protéger. — Il est mort; mais il laisse
Son esprit parmi nous; il anime deux fils,
Un couple de héros l'orgueil de ce pays.
Vous avez vu grandir leur jeunesse joyeuse.
Une cause qui reste encor mystérieuse
Faisait, sous ces dehors, grandir, en même temps,
Une fatale haine entre mes deux enfants.
Dans le cœur de chacun la funeste semence
A détruit les doux nœuds qu'avait formés l'enfance,
Et, d'année en année, elle a mûri pour eux,
Elle a produit, enfin, des fruits bien malheureux.
Jamais leur union n'a réjoui leur mère;
Ce sein les a nourris tous deux; j'ai su leur faire
Même part de tendresse et de soins; je les voi
Me prouver à l'envi tout leur amour pour moi;
Dans cette affection ils s'accordent; hors d'elle,
Il n'est plus rien entre eux que leur haine mortelle.
Tant qu'a régné leur père, en maître redouté
Il en a contenu l'impétuosité,
Et sous un joug de fer, sa justice, — terrible
A tous les deux, — courba leur esprit inflexible :
C'est sans armes, toujours, qu'ils devaient s'approcher,
Et sous le même toit défense de coucher.
L'ordre qu'avait dicté sa sévère prudence,

De leurs fougueux instincts contint la violence;
Mais au cœur de mes fils il laissa subsister
La haine que chacun y sentait fermenter :
L'homme fort ne va pas boucher la faible source,
Lui qui peut arrêter le torrent dans sa course.
Un dénoûment fatal d'avance était certain :
Quand mon époux fut mort, quand sa puissante main
Ne les maîtrisa plus, du profond de leur âme
Leur haine s'échappa, comme éclate la flamme
D'un feu que l'on avait comprimé. J'ai dans vous
Des témoins de ces faits; vous les connaissez tous :
Messine, par leur lutte, en deux camps partagée;
Dans ses droits les plus saints la nature outragée;
La discorde, partout, agitant son flambeau
Et soufflant sa fureur; plus un glaive au fourreau;
Chaque bras est armé pour la guerre civile;
En un champ de bataille on change cette ville;
Et même il a fallu qu'ici le sang coulât!
Vous avez vu briser les liens de l'État;
Mais mon cœur s'est aussi brisé dans ma poitrine.
Vous n'avez ressenti que les maux de Messine;
Mais de ceux de la mère avez-vous eu souci?
Vous m'êtes durement venus dire ceci :
« Nous devons à vos fils, à leur funeste haine,
« Que la guerre civile en ces murs se déchaîne,
« Quand de méchants voisins nous sommes entourés,
« Et quand nous ne pouvons contre eux être assurés
« Que fortement unis. Eh bien ! à vous, leur mère,
« A savoir l'arrêter la fratricide guerre!
« Que nous fait de vos fils cette rivalité?

« Nous ne voulons que paix et que tranquillité.
« Faudra-t-il que l'État et le peuple périssent
« Parce qu'en furieux nos maîtres se haïssent?
« Messine saura bien se gouverner sans eux,
« Et nous nous donnerons un prince désireux
« Du bonheur de l'État, du nôtre, et qui le fasse. »
Et vous n'avez pas craint de me le dire en face,
Hommes durs, sans pitié! Dans ce cruel moment,
De vous, de votre ville occupés seulement,
Tout le poids dont pesait la publique misère,
Vous l'avez rejeté sur le cœur de la mère,
D'angoisses, de chagrins déjà si torturé!
Alors, je veux atteindre un but désespéré:
Je me jette, ce cœur saignant de sa blessure,
Entre ces furieux; je presse, je conjure,
Pour qu'ils fassent la paix. Rien ne peut m'arrêter;
Active, infatigable, et sans me rebuter,
Je vais de l'un à l'autre, et mes larmes obtiennent
Qu'à Messine, au château de leur père, ils reviennent,
Et sans inimitié s'y rencontrent tous deux;
Ce que, depuis sa mort, on n'avait pas vu d'eux....
La voici, la journée entre nous convenue.
D'heure en heure j'attends l'avis de leur venue.
Vous donc, à recevoir vos maîtres, soyez prêts,
Et leur rendez hommage en fidèles sujets.
Ne songez qu'à remplir votre devoir; le reste
Nous regarde, eux et moi. De leur lutte funeste
Ce pays a souffert, comme ils ont souffert, eux,
Dont les divisions le rendaient malheureux.
Mais, réconciliés, unis, sûrs de s'entendre,

Ils seront assez forts pour désormais défendre,
Vous, contre tout un monde, et leurs droits .... contre vous!

(Les Anciens se retirent en silence, la main sur la poitrine. Isabelle fait un signe à un vieux serviteur, qui s'arrête et reste sur la scène.)

SCÈNE DEUXIÈME.

ISABELLE, DIÉGO.

ISABELLE.

Diégo!

DIÉGO.

Ma souveraine!

ISABELLE.

O cœur noble entre tous,
Serviteur dévoué, viens! approche! A ma peine
Tu pris part; aux douleurs dont mon âme était pleine;
Eh bien! partage aussi tout mon bonheur; celui
Qu'enfin la mère heureuse au ciel doit aujourd'hui!
Le secret triste et doux, sacré, que tu tiens d'elle,
Voici l'heure qu'au jour il faut qu'il se révèle.
J'ai trop longtemps souffert d'avoir, à tous moments,
De la nature en moi dompté les mouvements,
Sous une volonté plus forte que la mienne.
La nature! elle n'a plus rien qui la retienne!
Sa voix est libre enfin, et le jour s'est levé
Où mon cœur au bonheur complet est arrivé!
Déserte si longtemps, c'est cette maison même
Qui pour moi va bientôt réunir ceux que j'aime!
Va donc, mon vieux Diégo, retourne à ce couvent

Que tu connais si bien, où tu fus si souvent,
Et qui d'un cher trésor est le dépositaire.
C'est toi qui l'entouras d'un si profond mystère,
Ce trésor. Noble cœur, c'est toi qui l'a sauvé,
Et pour des temps meilleurs qui me l'as réservé!
Triste service, hélas! mission douloureuse!
Quand tu t'en acquittas, j'étais bien malheureuse!
Maintenant que tu vois mon bonheur, va, joyeux,
Chercher, et me ramène un bien si précieux!

(On entend des trompettes dans le lointain.)

Oh! va! va! hâte-toi! Qu'à tes pieds l'allégresse
Rende l'agilité du temps de ta jeunesse!
La trompette guerrière a des sons triomphants:
Ces fanfares, Diégo, m'annoncent mes enfants!

(Diégo sort. De deux côtés opposés la musique se fait entendre, se rapprochant toujours davantage.)

SCÈNE TROISIÈME.

ISABELLE.

Messine n'offre plus qu'un mouvement immense;
Un bruit confus de voix comme un torrent s'avance.
Ce sont eux! On dirait mon cœur près d'éclater
Sous les émotions qui viennent l'agiter.
L'approche de mes fils lui donne force et joie!
Mes enfants! mes enfants! — Qu'ensemble je les voie!

(Elle sort précipitamment.)

SCÈNE QUATRIÈME.

LE CHŒUR.

Il se compose de deux demi-chœurs, qui entrent à la fois, l'un par le fond, l'autre par l'avant-scène. Ils font le tour du théâtre et se placent sur deux rangs, chacun du côté d'où il est arrivé. L'un est formé de vieux chevaliers, l'autre de jeunes. Ils se distinguent par des couleurs et des insignes différents. Quand ils sont rangés en face l'un de l'autre, la musique se tait et les deux coryphées parlent tour à tour.

LE CORYPHÉE DU PREMIER CHŒUR.
(Celui des chevaliers de don Manuel.)

Salut à vous, riches portiques!
Salut, ô salles magnifiques,
De mon maître royal berceau !...
Qu'enfin se repose l'épée,
Et, pour rester inoccupée,
Qu'elle rentre dans son fourreau!

Que par la hideuse Euménide
Qui souffle la guerre homicide,
Le front de serpents hérissé,
A l'impuissance condamnée,
Devant vos portes enchaînée,
Ce seuil ne soit jamais passé!

Car ce seuil est inviolable :
A sa garde un dieu redoutable,
Un dieu de l'Enfer, est commis.
Le dieu, qui la garde à toute heure,
Cette hospitalière demeure,
C'est le Serment, fils d'Erinnys.

LE CORYPHÉE DU SECOND CHŒUR.
(Celui des chevaliers de don César.)

Dans mon sein mon cœur s'irrite;
De fureur il bat.
Mon poing se crispe et s'agite:
Il veut le combat.
Mon ennemi? qui s'arrête
En face de moi?
C'est Méduse, c'est sa tête
Que dans lui je voi!
Mon sang bouillonne et j'ai peine
A me posséder.
Mon serment, malgré ma haine,
Dois-je le garder?
A la rage qui m'entraîne
Vaut-il mieux céder?...
D'Erinnys la vigilance
Protége ce lieu;
Je redoute sa vengeance;
Je redoute la puissance
De la paix de Dieu.

LE CORYPHÉE DU PREMIER CHŒUR, à ses compagnons:

Plus de calme sied à notre âge;
En parlant je le garderai.
C'est moi qui serai le plus sage;
Le premier je les saluerai.

(Au second chœur:)

Soyez les bienvenus, vous qui venez, en frères,
Honorer avec nous, dans un esprit de paix,

Les divinités tutélaires,
Protectrices de ce palais.

Nos maîtres vont venir, et puisque, l'un et l'autre,
Ils ne se parleront que d'un ton fraternel,
Que leur langage soit le nôtre:
Parlons-nous de sang-froid, sans fiel.

Car la parole aussi peut être salutaire.
Mais qu'il faille au combat encor nous rencontrer,
Le sang pourra rougir la terre,
Et le courage se montrer.

TOUT LE CHŒUR.

Le sang pourra rougir la terre,
Et le courage se montrer.

UN SECOND CHEVALIER DU PREMIER CHŒUR.

Votre ennemi? nous ne pouvons pas l'être;
Nous n'avons point pour vous de sentiments haineux:
Les mêmes murs nous ont vus naître;
A la race étrangère ils appartiennent, eux.
Mais quand les princes sont en guerre,
Donner la mort, la recevoir,
Pour qui marche sous leur bannière,
C'est la loi, le juste devoir.

LE CORYPHÉE DU SECOND CHŒUR.

Aux princes de savoir les motifs de leur haine;
Nous ne les leur demandons pas;
Nous n'avons point à nous en mettre en peine;

Mais nous combattons leurs combats,
Et c'est manquer d'honneur et de courage
Que de ne pas défendre un maître qu'on outrage.

TOUT LE CHŒUR.

Oui, c'est manquer d'honneur et de courage
Que de ne pas défendre un maître qu'on outrage.

LE SECOND CHEVALIER DU PREMIER CHŒUR.

A mes réflexions livré, quand je passais
A travers nos plaines riantes,
Dans les sentiers bordés de moissons ondoyantes,
Écoutez ce que je pensais :
Sans chercher la raison de nos luttes sanglantes,
Nous sommes au combat, jusqu'à présent, allés;
L'ardeur de notre sang nous a tous aveuglés.

Elles sont à nous ces moissons dorées,
Ces branches d'ormeau de vigne entourées,
Qui laissent vers nous pendre un fruit vermeil;
Ce sont les enfants de notre soleil!

Ne pourrions-nous pas, désormais tranquilles,
Et filant des jours heureux et faciles,
L'esprit égayé, le cœur satisfait,
Jouir de ces biens que le ciel nous fait?

Pour ces souverains de race étrangère,
Nous, en furieux, nous faire la guerre?
Être dans deux camps sans être ennemis?
Ils n'ont aucun droit sur notre pays!

Une nef, un jour, d'une mer lointaine
Que le couchant dore, ici les amène,
Et nous leur donnons dans cette cité,
— Nos pères, s'entend, — l'hospitalité.

Et qui voyons-nous tenir notre terre
Soumise à son joug? la race étrangère!

UN TROISIÈME CHEVALIER DU PREMIER CHŒUR.

C'est vrai, bien fortunée est cette terre-ci,
Que le soleil, dans sa course éthérée,
Avec amour a toujours éclairée;
C'est à nous d'en jouir gaîment, sans nul souci.
Mais peut-elle être ou fermée, ou murée?
Des flots de la mer entourée,
Avec nous tous elle est livrée
A ces hardis forbans qui croisent sur ses bords.
C'est à nous seuls que de cette contrée
L'abondance appartient, car pour nous Dieu la crée
Mais on en connaît les trésors:
De l'étranger par eux l'épée est attirée.
Nous subissons chez nous le joug de l'étranger.
Notre propre pays ne peut nous protéger!

Les dominateurs de la terre
Ne viennent pas des lieux que féconde Cérès,
Où le paisible Pan protége les guérets;
C'est des pays où la montagne enserre,
Où l'on arrache de ses flancs
Le fer qu'on forge pour la guerre,
Que surgissent les conquérants.

LE CORYPHÉE DU PREMIER CHŒUR.

Des biens de sa vie éphémère,
Entre l'homme inégalement
La répartition s'opère;
Mais la nature est juste, elle, éternellement:
Elle nous donne, à nous, sa sève, l'abondance,
Sa constante fécondité;
A ces gens-là, la volonté,
Et l'énergie, et la puissance
Qui brisent toute résistance.
De leur terrible force ils sont comme couverts;
Rien que leur audace ne tente;
Du bruit que fait leur nom est rempli l'univers.
Mais, de l'autre côté des hauteurs est la pente,
Du gouffre la bouche béante,
Et la chute retentissante.
Aussi, me dis-je heureux de mon humilité,
Et dans ma faiblesse abrité.
Ces torrents qu'ont grossis, au milieu des orages,
Les cataractes des nuages
Et les amas de grains que la grêle a lancés,
Sombres, comme en fureur, et d'eux-mêmes chassés,
Tombent, rompent les ponts et les digues puissantes,
Et tonnent, en roulant leurs vagues mugissantes.
Rien ne peut résister à l'invincible flot.
Mais ils ne sont l'effet que du moment; bientôt,
De leur passage redoutable
La trace diminue et se perd dans le sable;
Et le sol qu'ils ont dévasté
Dit seul tout ce qu'ils ont été.

Ainsi le conquérant étranger vient et passe.
Nous lui sommes soumis, mais nous tenons la place.

SCÈNE CINQUIÈME.

La porte du fond s'ouvre ; Isabelle paraît entre ses deux fils.

ISABELLE, DON MANUEL, DON CÉSAR, LES DEUX CHŒURS.

TOUT LE CHŒUR.

Que gloire, honneur soit le partage
De celle qui vient à nos yeux
Briller en soleil radieux !
À genoux je lui rends hommage !

LE CORYPHÉE DU PREMIER CHŒUR.

Lorsque, dans la nuit,
Le ciel étincelle,
Que la lune luit,
Sa lumière est belle
Au milieu de celle,
— Et plus douce qu'elle, —
Des astres brillants.
Telle d'une mère
Est la majesté,
L'aimable beauté,
Quand, à son côté,
Marche, ardente et fière,
La beauté guerrière
De deux fils vaillants.
Son image est comme

Un divin tableau;
La terre pour l'homme
N'a rien d'aussi beau.

Aux sommets de la vie une mère s'élève;
En elle la beauté se résume et s'achève:
La mère et ses enfants! c'est la réunion
Qui d'un monde accompli dit la perfection.

Et notre Église sainte, elle n'a pas mis, elle,
Sur le trône céleste une beauté plus belle;
Et l'art, lui né du ciel, il fait, pour son pinceau,
D'une mère et son fils, le suprême tableau.

LE CORYPHÉE DU SECOND CHŒUR.

Heureuse, de son sein elle voit que s'élève
Un arbre aux rameaux florissants,
Un tronc à l'éternelle séve,
Aux rejetons sans cesse renaissants.
C'est qu'elle est mère d'une race
Qui tant que le soleil durera va durer,
Et fixera le temps qui passe,
En le marquant du nom qu'elle doit illustrer.

UN AUTRE CHEVALIER DU SECOND CHŒUR.

Un peuple passe,
Un nom s'efface,
Et, tour à tour,
S'éteint, un jour,
Famille, race.
Le sombre oubli

Étend ses ailes :
Tout est sous elles
Enseveli.
Mais, à part, brille
Un front royal ;
Son feu scintille
Toujours égal,
Et pas d'aurore
Qui ne colore
Le front princier,
Comme elle dore
Le pic altier.

ISABELLE, s'avançant entre ses fils :

Reine auguste des cieux, jette un regard sur terre ;
Viens-y poser ta main sur le cœur d'une mère,
Afin que, son orgueil, tu le fasses plier !
Cette mère, elle peut aujourd'hui s'oublier ;
Oui, sa joie aisément irait jusqu'au délire,
Dans l'éclat de ses fils alors qu'elle se mire !
Depuis qu'ils me sont nés, c'est la première fois
Que je sens mon bonheur entier, que je le vois !
A mon amour j'ai fait jusqu'ici violence :
Il fallait pour moitié le réduire au silence,
Quand, mère de mes fils, en embrassant l'un d'eux,
Je devais oublier toujours qu'ils étaient deux !
Ah ! je n'ai jamais eu qu'une amour maternelle,
Et sans cesse mes fils ont été deux pour elle !

(A ses deux fils :)

— Dites-moi maintenant si mon cœur, sans trembler,
A ses transports, enfin, peut se laisser aller.

(A don Manuel :)

Si je presse la main tendrement à ton frère,
Est-ce un coup de poignard que te donne ta mère?

(A don César :)

Et toi, si de sa vue ici je me repais,
Diras-tu que ce soit un vol que je te fais?...
Ah! je tremble : l'amour que sur vous je promène,
Peut-être ne fera qu'attiser votre haine!

(Après les avoir interrogés des yeux :)

A quoi dois-je m'attendre? Otez-moi mon souci,
Mes fils! Quels sentiments apportez-vous ici?
Est-ce la haine encor? votre haine mortelle?
En rendrez-vous témoin la maison paternelle?
Et la guerre, arrêtée un moment par le frein
Dont, grinçant, frémissante, elle ronge l'airain,
Au seuil de ce palais, attend-elle, la guerre,
Que vous ne soyez plus sous l'œil de votre mère,
Pour donner à sa rage un plus ardent essor?

LE CORYPHÉE DU SECOND CHŒUR.

Guerre ou paix! incertaine en est la chance encor;
Dans le sombre avenir le Destin la prépare;
Mais nous la connaîtrons avant qu'on se sépare;
Nous sommes prêts, ici, pour la guerre ou la paix.

ISABELLE, promenant ses regards sur tout le cercle :

Et tout cet appareil! Ces terribles aspects!
Pourquoi ces gens armés? Qu'est-ce que l'on projette?
Est-ce donc qu'un combat dans ces salles s'apprête?
Ces étrangers, en foule à quoi bon accourir,
Quand le cœur d'une mère à des fils va s'ouvrir?

Quoi! jusque sur ce cœur en êtes-vous à craindre
Que ruse ou trahison parvienne à vous atteindre,
Que de vous protéger vous preniez tant souci?
Ces fougueux partisans qui vous suivent ici,
Ministres empressés de toutes vos colères,
Ne sont pas vos amis; ils ne sont pas sincères;
Votre intérêt n'est pas ce qui doit les guider.
Et comment pourraient-ils avec vous s'accorder?
Avec vous dont la race a conquis ce rivage?
Qui les a dépouillés de leur propre héritage,
Et, s'implantant ici, sur cette nation
A, depuis, fait peser sa domination?
Croyez que, pour chacun, se gouverner soi-même,
D'après ses propres lois, voilà le bien suprême.
On souffre impatient le joug de l'étranger:
Votre force et la crainte ont pu les y ranger,
Mais ils résisteraient volontiers à leur maître.
Ces gens faux et sans cœur, sachez donc les connaître:
De vos maux naît leur joie; elle venge pour eux
La douleur de vous voir dans vos grandeurs, heureux.
De leurs dominateurs renverser la puissance,
Voilà quelle est en eux l'éternelle espérance;
Leurs discours en sont pleins, elle inspire leurs chants,
Qui vont de père en fils jusqu'aux petits-enfants,
Et des longs soirs d'hiver abrégent la durée.
— Oui, la terre à la haine, aux cœurs faux est livrée,
Mes fils! Regardez-y : chacun n'aime que soi.
Aux fragiles liens on ne peut avoir foi,
Et fragiles sont ceux du bonheur éphémère.
Un caprice défait ce qu'un autre a pu faire.

Dans la nature seule est la sincérité,
Et lorsque nous voyons que tout est ballotté
Au gré de cette mer qu'on appelle la vie,
Sur une ancre éternelle elle seule s'appuie.
Nous tenons un ami de l'inclination;
L'intérêt à nos pas attache un compagnon;
Mais du sang dont il sort heureux qui tient un frère!
C'est un don que jamais le bonheur ne peut faire.
La nature avec vous a créé cet ami:
On est deux désormais, on se sent affermi
Contre un monde où domine, et trahison, et guerre.

LE CORYPHÉE DU PREMIER CHŒUR.

Gloire, honneur à la souveraine
Dont la royale majesté,
Toujours clairvoyante et sereine,
Juge si bien l'humanité!
Mais nous, sur la vie orageuse,
Aveuglés, sans réflexion,
Nous subissons l'impulsion
Qui nous pousse tumultueuse.

ISABELLE, à don César:

Toi, qui contre ton frère osas tirer l'épée,
Vois-tu dans cette foule autour de nous groupée,
Un plus noble visage?

(A don Manuel:)

Et toi? qui donc, parmi
Ceux qu'il te plaît ici nommer du nom d'ami,
Voudrait avec ton frère entrer en parallèle?

De votre âge, tous deux, vous offrez le modèle;
Nul ne ressemble à l'autre ou ne lui doit céder.
Eh bien! en face osez enfin vous regarder!
O délire envieux! funeste jalousie!
L'amitié d'un tel homme, ah! tu l'aurais choisie
Entre mille; un ami comme lui, pour ton cœur
Eût été l'être à part, du Ciel une faveur;
Et parce qu'il te fut donné par la nature,
Qui t'offrit au berceau cette amitié si sûre,
Coupable envers ton sang, plein d'orgueil, dédaigneux,
Tu le foules aux pieds ce don si précieux?
Pour te donner à qui vaut bien moins que ton frère?
Ils te sont, tous ces gens que ton cœur lui préfère,
Ennemis, étrangers!

DON MANUEL.

Ma mère, écoutez-moi!

DON CÉSAR.

Veuillez m'entendre aussi!

ISABELLE.

Des paroles? En quoi
Pourraient-elles servir à finir cette lutte?
Il n'est plus maintenant possible qu'on dispute
Sur le tien et le mien; que l'on distingue encor
Ce que fut la vengeance et ce que fut le tort.
Qui voudrait, sous la lave aujourd'hui refroidie,
Chercher le lit de soufre où coulait l'incendie?
Tout vient du feu fatal de la terre sorti;

Le bon sol est resté sous la lave englouti,
Et c'est sur des débris que partout le pied pose.
— Je veux à votre cœur dire une seule chose :
Le mal qu'un homme à l'autre a causé sciemment,
Ne peut se pardonner, s'oublier aisément :
L'homme tient à sa haine, il la veut, l'éternise.
La résolution qu'il a mûrement prise,
Le temps, si long qu'il soit, ne la changera pas.
Mais, dites-vous à quand remontent vos débats :
On les vit commencer dès votre premier âge,
Quand de votre raison vous n'aviez pas l'usage.
Leur seule date aurait de quoi vous désarmer.
Ce qui l'un contre l'autre a pu vous enflammer,
Vous ne le savez pas ; plus rien ne vous rappelle
Quels furent les motifs de la triste querelle
Qui vous fit ennemis ; et, quand vous les sauriez,
Ils sont si puérils que vous en rougiriez.
Et cependant, jusqu'à la plus récente offense,
Tout est le résultat de ces luttes d'enfance.
Par un enchaînement bien funeste, en effet,
Tout le mal, le soupçon, la vengeance l'ont fait.
Cette guerre, qu'enfants vous aviez engagée,
Hommes, entendez-vous qu'elle soit prolongée?

(Leur prenant la main à tous deux :)

Venez! approchez-vous! dites que du passé
Entre vous, mes chers fils, le compte est effacé!
Vos torts, ils sont égaux ; ayez donc l'âme grande!
Que sur ceux de chacun votre pardon descende,
Fussent-ils de ces torts qu'on ne peut supporter.
Accorder son pardon, n'est-ce pas remporter

Un triomphe divin? Rejetez au silence
Du tombeau paternel cette haine d'enfance!
D'une nouvelle vie inaugurez le jour,
Et qu'elle ne soit plus qu'oubli, concorde, amour!

(Elle recule d'un pas, comme pour les laisser se rapprocher l'un de l'autre. Ils restent tous deux les yeux fixés vers la terre et sans se regarder.)

LE CORYPHÉE DU PREMIER CHŒUR.

Écoutez-les, de votre mère,
Écoutez les sages avis!
Ce n'est point parole légère
Qu'elle fait entendre à ses fils.

Mais, qu'entre vous la paix se scelle,
Que se prolonge la querelle,
Selon qu'il vous plaira le mieux,
A vous, nos maîtres, la puissance,
A nous, valets, l'obéissance:
Tout sera justice à nos yeux.

ISABELLE, avec une douleur comprimée, et après avoir vainement attendu une manifestation des deux frères:

Pour vous persuader je n'ai plus que vous dire;
Les mots me font défaut et ma prière expire.
Dans la tombe est celui qui longtemps refoula
Votre haine en vos cœurs, et votre mère est là,
Impuissante entre vous. — Eh bien! mes fils, courage!
Nul frein qui vous arrête: achevez votre ouvrage!
Au démon qui vous pousse, en fous, en furieux,
Cédez, et profanez le foyer et ses Dieux!
Qu'on voie, en ce palais qui vous donna naissance,
Au double fratricide aller votre vengeance!

Sous les yeux maternels venez vous égorger!
De vos mains! à quoi bon celles d'un étranger?
Sus! sus! avec fureur que l'un sur l'autre coure,
Qu'il saisisse son frère et de ses bras l'entoure!
Faites comme avant vous fit le couple thébain!
Allez! embrassez-vous d'une étreinte d'airain!
Triomphez tous les deux! chacun au cœur d'un frère
Enfoncez le poignard, c'est un échange à faire.
Qu'elle même la mort ne puisse pas guérir
La haine qu'on vous voit l'un pour l'autre nourrir!
Que de votre bûcher la flamme ne s'élance
Qu'en colonne rivale et montant à distance,
Et que l'on voie aussi, dans cet emblème affreux,
Ce que fut, et la vie, et la mort de tous deux!

(Elle sort. Les deux frères restent éloignés l'un de l'autre, comme auparavant.)

SCÈNE SIXIÈME.

DON MANUEL, DON CÉSAR, LES DEUX CHŒURS.

LE CORYPHÉE DU PREMIER CHŒUR.

Elle n'eut recours qu'au langage
Pour essayer de les toucher;
Pourtant je sens que mon courage
Se brise en mon cœur de rocher.
Ma main du sang d'un frère est pure,
En face du ciel j'en jure....
Vous êtes frères: Ce moment
Décidera le dénoûment.

DON CÉSAR, sans regarder don Manuel :

Ta naissance plus loin que la mienne remonte :
Je crois qu'à mon aîné je puis céder sans honte.

DON MANUEL, de même :

Une bonne parole, et je te répondrai ;
De mon cadet l'exemple, et je l'imiterai.

DON CÉSAR.

Mais il ne faudrait pas vouloir y reconnaître
Un aveu de mes torts, de faiblesse peut-être.

DON MANUEL.

Le cœur en don César n'a jamais fait défaut ;
Qui te connaît, le sait. Il parlerait plus haut
S'il se sentait plus faible.

DON CÉSAR.

Estimes-tu ton frère
A ce point?

DON MANUEL.

Pourrions-nous, tous deux l'âme si fière,
Toi, t'abaisser, moi, feindre?

DON CÉSAR.

A se voir dédaigné
Jamais mon noble cœur ne se fût résigné ;
Toi, du moins, et malgré l'ardeur de notre guerre,
Toujours avec honneur tu parlas de ton frère.

DON MANUEL.

Tu ne veux pas ma mort ; mainte preuve en fait foi :
Quand, pour m'assassiner, il vint s'offrir à toi,
Ce moine, sur-le-champ tu l'as puni ce traître.

DON CÉSAR, se rapprochant un peu :

Que de maux épargnés si j'avais pu connaître
Ta justice plus tôt !

DON MANUEL.

Et moi ton noble cœur !
Que j'eusse à notre mère épargné de douleur !

DON CÉSAR.

On te disait plus fier.

DON MANUEL.

C'est ainsi qu'on s'empare
De l'oreille des grands....

DON CÉSAR, avec vivacité :

Ainsi qu'on les égare :
C'est de nos serviteurs que nos maux sont venus.

DON MANUEL.

Dans notre haine eux seuls nous ont entretenus.

DON CÉSAR.

En nous, par leurs propos, excitant la colère.

DON MANUEL.

Interprétant à mal quoi que nous pussions faire.

DON CÉSAR.

Ils irritaient la plaie au lieu de la guérir.

DON MANUEL.

Ils attisaient le feu qu'ils auraient pu couvrir.

DON CÉSAR.

C'est nous que l'on trompait, que l'on jouait, mon frère !

DON MANUEL.

Aveugles instruments d'une haine étrangère !

DON CÉSAR.

Tout le reste, dès lors, n'est plus que trahison.

DON MANUEL.

Notre mère le dit; sois sûr qu'elle a raison.

DON CÉSAR.

Je veux donc la presser cette main fraternelle.
(Il lui tend la main.)

DON MANUEL, la saisissant avec transport :

Nulle dans l'univers ne m'est plus proche qu'elle!
(Ils se tiennent par la main et se regardent pendant quelque temps en silence.)

DON CÉSAR.

A te considérer je demeure surpris :
De notre mère en toi voilà les traits chéris.

DON MANUEL.

Et les tiens à mon cœur rappellent une image
Qui m'étonne et m'émeut plus encor.

DON CÉSAR.

Ce langage,
Et cet accueil si doux, me viennent-ils de toi?
A moi? ton jeune frère?

DON MANUEL.

Et puis-je bien voir, moi,
Dans ce jeune homme au cœur affectueux, le frère
Qui ne m'avait encor voué que haine et guerre?
(Nouveau silence; ils s'oublient à se contempler l'un l'autre.)

DON CÉSAR.

Tu voulais ces chevaux arabes qu'a laissés
Notre père en mourant, et que j'ai refusés
Aux chevaliers venus de ta part pour les prendre...

DON MANUEL.

Tu tiens à les garder, je cesse d'y prétendre.

DON CÉSAR.

Non, non, tu les auras; prends, de grâce, avec eux,
Le char de notre père.

DON MANUEL.

Eh bien, soit! si tu veux
Dans ta part son château sur la mer; cette terre
Que nous nous disputions avec tant de colère.

DON CÉSAR.

Je ne l'accepte pas; mais je serais heureux
De nous voir l'habiter en frères tous les deux.

DON MANUEL.

J'y consens : de nos biens à quoi bon le partage,
Quand nos cœurs sont unis?

DON CÉSAR.

Et pourquoi davantage
Vivre à part? on devient, à tout mettre en commun,
Plus riche.

DON MANUEL.

Vivre à part! Nous ne faisons plus qu'un!
(Il se jette dans les bras de don César.)

LE CORYPHÉE DU PREMIER CHŒUR, au second chœur :

Pourquoi, quand nos princes s'embrassent,
Rester en deux camps ennemis ?
Comme eux que leurs serviteurs fassent :
J'offre la paix, soyons amis !
Faut-il que notre haine dure ?
Ils sont frères par la nature,
Nous, enfants du même pays.

(Les deux chœurs s'embrassent.)

SCÈNE SEPTIÈME.

DON MANUEL, DON CÉSAR, LES DEUX CHŒURS, UN MESSAGER.

LE CORYPHÉE DU SECOND CHŒUR, à don César :

Seigneur, voici qu'à vous revient le messager
Que d'un mandat secret il vous plut de charger.
Il doit être porteur d'une heureuse nouvelle
Si j'en crois son regard : de joie il étincelle.

LE MESSAGER.

O jour heureux ! heureux pour moi, pour le pays !
De Messine voilà que les maux sont finis !
Nos princes, les deux fils de mon maître, ils reviennent
A la paix ! Quel tableau ! je vois qu'ils s'entretiennent
En se donnant la main ! Eux que j'avais laissés,
Dans leur dernier combat, luttant en insensés !

DON CÉSAR.

Du feu de notre haine est sorti, dans notre âme,
L'amour, comme un phénix qu'a rajeuni la flamme.

LE MESSAGER.

A ce premier bonheur j'en ajoute un nouveau,
Et comme signe heureux, tel qu'un jeune rameau,
Voilà que reverdit mon bâton de voyage.

DON CÉSAR, le tirant à l'écart:

Parle, quel résultat a-t-il eu ton message?

LE MESSAGER.

Le même jour pour vous va réunir, seigneur,
Tout ce qui peut vous être un sujet de bonheur:
Celle qu'à votre amour vous croyiez enlevée,
Celle que nous cherchions, la voilà retrouvée,
Près d'ici.

DON CÉSAR.

Tu l'as vue? Ah! parle vite! elle est...?

LE MESSAGER.

Dans Messine; elle-même aux regards s'y célait.

DON MANUEL, au premier chœur:

Dans ses yeux quel éclat! sa face se colore.
De tant d'émotion, le motif, je l'ignore;
Mais c'est signe de joie, et mon cœur fraternel
Le partage.

DON CÉSAR, au messager:

Allons! viens! — Adieu, don Manuel!
Bientôt, chez notre mère! — Au revoir! — Importante
Est l'affaire qui veut que d'ici je m'absente.

(Il veut sortir.)

DON MANUEL.

Va vite, et sois heureux!

DON CÉSAR, se ravise et revient :

A contempler tes traits,
Mon bonheur est plus grand que je ne le dirais;
J'ai le pressentiment que nous aurons, mon frère,
De deux amis de cœur l'affection sincère.
Sous un nouveau soleil nous verrons ranimé
Cet amour en tous deux si longtemps comprimé.
Va! je regagnerai ce qu'en perdit ma vie.

DON MANUEL.

Tout dit que de beaux fruits la fleur sera suivie.

DON CÉSAR.

Et quand si brusquement je m'arrache à tes bras,
C'est un tort envers toi; je ne le cache pas,
Et mon émotion est égale à la tienne,
Bien qu'un instant si doux n'ait rien qui me retienne.

DON MANUEL, avec une distraction visible:

Que selon le moment chaque chose ait son tour :
D'aujourd'hui notre vie appartient à l'amour.

DON CÉSAR.

Si tu savais pourquoi je sors!

DON MANUEL.

Il faut, mon frère,
Ton cœur, me le laisser, ton secret, me le taire.

DON CÉSAR.

Qu'il n'en soit plus aucun entre nous : ce sera
Le dernier, et son voile avant peu tombera.

(Se tournant vers ses chevaliers :)

Et sachez bien, vous tous, que mon bien-aimé frère
Et moi, nous terminons entre nous toute guerre.
Comme mon ennemi mortel je traiterai,
Et de même qu'on hait l'enfer, je haïrai
Quiconque chercherait, quand de notre querelle
Est éteinte la flamme, à souffler l'étincelle
Qui la rallumerait. Désormais, renoncez
A me plaire, à vous voir par moi récompensés
Parce que vous m'auriez dit du mal de mon frère,
Empressés à vouloir que la parole amère,
Le trait, de quelque bouche imprudemment sorti,
Et relevé par vous au lieu d'être amorti,
Parvienne jusqu'à moi. La rapide parole
Que lance la colère, au même instant s'envole
Et ne prend pas racine en celui qui la dit;
Le soupçon la recueille, elle germe, grandit,
Elle s'étend, pareille à la plante grimpante,
Et par mille rameaux autour du cœur serpente;
Et les meilleurs, ainsi, se laissent entraîner
A des erreurs dont rien ne peut les ramener.

(Il embrasse de nouveau son frère et sort, accompagné du second chœur.)

SCÈNE HUITIÈME.

DON MANUEL, LE PREMIER CHŒUR.

LE CORYPHÉE.

Je reste stupéfait à vous voir, ô mon maître!
Et j'ai dans ce moment peine à vous reconnaître :
Quand votre frère vient à vous le cœur ouvert,
Que du plus doux langage avec vous il se sert,
Vos paroles pour lui semblent comme pesées,
Et vous demeurez là, perdu dans vos pensées,
Comme un homme qui rêve, ou comme si le corps
Ici se trouvait seul, et votre âme au dehors.
On vous soupçonnerait, à cette contenance,
De n'avoir que froideur, orgueil, indifférence.
Mais je ne vous crois pas insensible : vos yeux
Disent suffisamment que vous êtes heureux,
Et votre lèvre laisse errer un doux sourire.

DON MANUEL.

Mon Dieu! comment répondre, et que puis-je vous dire?
Que mon frère ait trouvé des mots, je le comprend :
Un sentiment nouveau l'a saisi, le surprend;
Il sent que dans son sein meurt une vieille haine;
Jusqu'au ravissement ce changement l'entraîne.
Moi, quand ici je vins, ils étaient bien passés
Mes sentiments haineux; à peine si je sais
Pourquoi tous nos combats. Au-dessus de la terre
Je plane, dans la joie, inondé de lumière,
Et tout ce que la vie à mes regards offrait
De nuages, de plis, s'efface et disparaît :

Ces salles, ces parvis arrêtent ma pensée
Sur ce qu'éprouvera bientôt ma fiancée
De joyeuse surprise et de saisissement,
En franchissant ce seuil au bras de son amant!
Quand elle l'entendra lui dire qu'il l'amène
Pour s'y voir désormais princesse et souveraine!
— C'est l'amant seul qu'elle aime en moi, jusqu'à ce jour,
Donnant à l'étranger sans nom, tout son amour.
Rien encor jusqu'ici d'où son esprit devine
En moi don Manuel, le prince de Messine;
Rien encor d'où prévoir que sur son front si beau,
Elle verra par lui mettre un royal bandeau.
Qu'il est doux de donner à la femme adorée
Le bonheur et l'éclat, la gloire inespérée!
Je m'en suis réservé longtemps la volupté.
Son plus bel ornement, sans doute, est sa beauté;
Mais la beauté peut voir augmenter sa parure
De la splendeur du rang: dans l'or de sa monture
Ne brillent que plus vifs les feux du diamant.

LE CORYPHÉE.

Votre bouche, seigneur, pour nous, dans ce moment,
Enfin brise le sceau de votre long silence.
Pressentant un secret d'une étrange importance,
Je vous suivais partout d'un regard curieux,
Sans pourtant qu'à ce point je fusse audacieux
D'oser vous demander de me faire connaître
Ce que ce grand secret, si caché, pouvait être.
La chasse, ce plaisir dont vous étiez épris,
Les agiles coursiers se disputant un prix.

Et le vol du faucon s'abattant sur sa proie,
Ne peuvent plus en vous exciter quelque joie.
Sitôt qu'à l'horizon le soleil disparaît,
Loin de vos compagnons vous allez en secret,
Sans qu'il nous soit permis, à nous qui, guerre ou chasse,
Partagions vos dangers, de suivre votre trace.
Avec ce soin jaloux pourquoi jusqu'à ce jour
Nous céler ce bonheur que vous donnait l'amour?
Qui donc à l'homme fort peut imposer la feinte?
De votre âme si grande est bien loin toute crainte.

DON MANUEL.

Le bonheur est ailé; le fixer ce n'est pas
Peu de chose; il le faut tenir sous cadenas.
Son gardien, le silence, empêche qu'il ne sorte.
Si l'indiscrétion, trop prompte, ouvre la porte,
Il s'envole aussitôt. — Mais je puis, mais je veux
Parler, puisque je touche au but de tous mes vœux,
Puisque, aux premiers rayons de la prochaine aurore,
Elle m'appartiendra la femme que j'adore.
Nul démon envieux n'aura plus un pouvoir
Contraire à mes désirs. Désormais, pour la voir,
Je n'aurai plus dans l'ombre à me glisser près d'elle.
Ces fruits d'or que l'amour donne, qu'il renouvelle,
Il ne me faudra plus les dérober; saisir
Au passage un instant de fugitif plaisir.
Tout lendemain aura la beauté de sa veille,
Et nos jours n'auront plus leur lumière pareille
A celle de l'éclair, qui brille et disparaît
Dévoré par la nuit. Plus de bonheur secret!

Il coulera, le mien, comme un ruisseau tranquille,
Ou comme au sablier le grain de sable file.

LE CORYPHÉE.

Celle qui sait vous faire un semblable bonheur.
Et si mystérieux, quelle est-elle, seigneur?
Nommez-la! Permettez que notre âme ravie
Pour fêter ce bonheur, bien fait pour qu'on l'envie,
Dans cette fiancée honore dignement
Celle de notre prince! Où, seigneur, et comment
L'avez-vous découverte? où dérobée au monde?
Quel était donc ce lieu de retraite profonde?
Nos chasses dans cette île, à tous vos chevaliers
En ont fait parcourir jusqu'aux moindres sentiers;
Pourtant rien qui jamais y trahit le mystère
De la félicité que vous vouliez nous taire;
Si bien qu'en notre esprit il était arrêté
Qu'elle s'enveloppait d'un nuage enchanté.

DON MANUEL.

Je le dissiperai : sur ce bonheur va luire
Le jour que jusqu'ici je n'osais y produire :
Eh bien! voici cinq mois de cela; ce pays
Au pouvoir de mon père était encor soumis;
Sous sa puissante main il avait su sans cesse
Comprimer de ses fils l'indocile jeunesse.
Occupé seulement de chasses, de combats,
Hors ces rudes plaisirs je n'en connaissais pas...
Tout un jour, en montagne, avait duré la chasse :
Part une biche blanche; emporté sur sa trace,

Bien au loin, de vous tous je m'étais séparé.
A travers les détours du vallon, le fourré,
Les ravins, les halliers où nul chemin ne guide,
Je voyais devant moi fuir l'animal timide,
Toujours se maintenant hors d'atteinte du trait.
Aux portes d'un jardin enfin il disparaît.
Aussitôt je descends de cheval, je m'élance,
Je le poursuis; déjà je brandissais ma lance...
Soudain s'offre une nonne à mes yeux; je le vois
A ses pieds, tout tremblant. De la main, de la voix
Elle le caressait. Je reste, à cette vue,
De surprise immobile et la main étendue,
Prêt à frapper. La nonne, alors, lève les yeux,
M'implore du regard, et nous voilà tous deux,
En face l'un de l'autre à garder le silence.
De ce qu'il a duré je n'ai pas souvenance;
Aucune idée en moi du temps qui se passait;
Jusqu'au fond de mon cœur ce regard s'enfonçait;
Un changement subit s'opérait dans mon âme.
— Ce que je dis alors, de l'angélique femme
Quelle fut la réponse, aujourd'hui, je voudrais
En faire le récit, que je ne le pourrais:
Tout ce premier moment est dans ma souvenance
Comme un songe brillant de ma première enfance...
Quand je revins à moi, son cœur, je m'en souvien,
Son cœur, je le sentis battre contre le mien.
Puis, j'entendis les sons d'une cloche argentine:
L'heure de la prière au couvent, j'imagine;
Et, comme disparaît l'esprit aérien,
Glissa ma vision, et je ne vis plus rien.

LE CORYPHÉE.

Seigneur, votre récit me pénètre de crainte:
Vos désirs, c'est le vol fait à Dieu; c'est l'atteinte
A l'épouse du ciel, car le serment juré
D'être fidèle au cloître est terrible et sacré!

DON MANUEL.

La route où désormais m'engager m'était faite,
Et fixés les désirs de mon âme inquiète;
Ma vie avait son but, et, tel que le croyant,
Tel que le pèlerin se tourne à l'Orient
Où brille le soleil de la sainte promesse,
Tel vers un point du ciel, depuis, tourné sans cesse,
J'ai mis dans son éclat mon espoir, mon désir.
Nul jour ne s'est levé, depuis, sans réunir
Deux fortunés amants. C'était dans le silence
Que nos deux cœurs avaient formé leur alliance,
Et, sur nous, seul, le ciel, pour qui rien n'est secret,
Était de leur bonheur le confident discret.
Point d'intermédiaire! à quoi bon ses services?
Oh! quelles heures d'or! quels jours pleins de délices!
— Mon bonheur n'était pas un larcin fait à Dieu:
Elle était libre encor, n'avait point fait de vœu,
Celle qui pour toujours me donnait sa tendresse.

LE CORYPHÉE.

Le cloître était l'asile offert à sa jeunesse?
Et non pas le tombeau pour un cœur retiré
Du monde à tout jamais?

DON MANUEL.

Comme un dépôt sacré
Ce couvent l'a reçue enfant, mais pour la rendre.

LE CORYPHÉE.

Et quels sont les aïeux dont elle dit descendre?
Toujours un noble cœur de noble souche sort.

DON MANUEL.

Elle a grandi sans rien connaître de son sort;
Ignorant son pays et, de même, sa race.

LE CORYPHÉE.

Et pour les découvrir pas la plus faible trace?

DON MANUEL.

De ce qui la concerne un homme est au courant,
Un seul : d'après son dire, elle est d'illustre rang.

LE CORYPHÉE.

Cet homme, quel est-il? Veuillez ne rien me taire,
Si de moi vous voulez un conseil salutaire.

DON MANUEL.

C'est un vieux serviteur; parfois il arrivait.
De messager entre elle et sa mère il servait.

LE CORYPHÉE.

Mais par lui vous pouviez apprendre quelque chose :
Un vieillard s'intimide et facilement cause.

DON MANUEL.

Je n'ai jamais sur elle osé l'interroger :
Pour mon secret bonheur j'y voyais du danger

LE CORYPHÉE.

Et dans leurs entretiens, que disait-il?

DON MANUEL.

D'année
En année, il donnait l'espoir d'une journée
Où tout s'éclaircirait.

LE CORYPHÉE.

Et, jamais, ce moment,
Ne l'a-t-il annoncé plus positivement?

DON MANUEL.

« Elle verra bientôt son sort changer de face. »
Depuis assez longtemps telle était sa menace.

LE CORYPHÉE.

Menace, dites-vous? Avez-vous donc souci
Du jour où son destin pourrait être éclairci?

DON MANUEL.

Du moindre changement l'homme heureux s'inquiète :
Fortune à l'apogée à décliner est prête.

LE CORYPHÉE.

Ce jour que vous craignez comme un funeste jour,
Pourrait bien être un signe heureux pour votre amour.

DON MANUEL.

Il peut le ruiner; aussi, c'est par prudence
Que, sans perdre de temps, sur lui j'ai pris l'avance.

LE CORYPHÉE.

Vous m'effrayez, seigneur! j'ai le pressentiment
Que vous avez agi trop précipitamment.

DON MANUEL.

Depuis quelque temps l'homme avait laissé surprendre
Des indices certains d'où je pouvais comprendre
Que pour la jeune fille incessamment viendrait
Le jour qui dans les bras des siens la remettrait.
Hier, il fut explicite : « A demain la journée »
— C'est aujourd'hui — « qui va fixer sa destinée! »
Il ne me restait plus à perdre un seul moment;
Je fis, j'exécutai mon plan très-promptement :
A son couvent je l'ai cette nuit arrachée,
Et je l'ai dans Messine amenée et cachée.

LE CORYPHÉE.

Audacieux larcin! Quelle témérité!
Souffrez que je vous parle avec sévérité,
Seigneur : c'est là le droit de la sage vieillesse,
Quand s'oublie à ce point la fougueuse jeunesse.

DON MANUEL.

Elle est dans un jardin, sûr asile, où des pas,
Des regards indiscrets ne pénétreront pas:
Près du couvent des sœurs de la miséricorde.
Je viens vite jurer ici que la concorde
Règnera désormais entre mon frère et moi.
Seule je l'ai laissée et dans un grand effroi.
Elle est loin de s'attendre à ce qu'environnée
D'une pompe royale, elle soit amenée

Aux yeux de tout Messine, et pour venir s'asseoir
Au trône glorieux où vous allez la voir;
Car je ne compte plus paraître en sa présence
Que dans l'éclat du rang, dans ma magnificence,
Et solennellement de vous tous entouré.
Pourrais-je consentir, quand je lui donnerai
Dans ma mère une mère, à ce qu'en fugitive
Qui n'a point de pays, ma fiancée arrive?
Non! non! dans le palais de mes pères, je veux
Qu'elle entre en souveraine, avec pompe!

LE CORYPHÉE.

Vos vœux
Seront remplis, seigneur: un signe, et notre zèle...

DON MANUEL.

Je m'arrache à ses bras, mais pour m'occuper d'elle:
Vous allez sur-le-champ me suivre en ce bazar
Où viennent d'Orient ces merveilles de l'art,
Ces bijoux, ces tissus qu'aux yeux le Maure étale.
Pour ses pieds délicats, vous prendrez la sandale
Qui les pare et protége, et, pour son vêtement,
Cette étoffe dont l'Inde a le secret charmant;
De si pure blancheur qu'aux sources de lumière
La neige de l'Etna ne l'a pas plus entière;
Qu'elle entoure, semblable aux vapeurs du matin,
Les gracieux contours de son corps enfantin;
Que la pourpre aux fils d'or, en ceinture pudique,
Sous son sein virginal arrête sa tunique;
Pour son manteau, la soie, et vous la choisirez
De pourpre aussi; qui brille en des reflets moirés;

Ajoutez-y l'agrafe en or, qui le retienne
Au-dessus de l'épaule. Et puis, — qu'il vous souvienne! —
Les bracelets! Prenez le plus riche travail!
A ses beaux bras je veux les perles, le corail,
Présents miraculeux que nous fait en sa grâce
La déesse des mers. Qu'à ses boucles s'enlace
Un riche diadème; il faut qu'il offre aux yeux
Ce que le lapidaire a de plus précieux,
Qu'aux feux dont le rubis étincelant scintille
S'y mélange l'éclat dont l'émeraude brille.
Du haut de sa coiffure un voile descendra
Qui, comme un lumineux nuage, entourera
Son corps resplendissant, sa personne adorable;
Enfin, pour compléter cet ensemble admirable,
Le myrte virginal couronnera son front!

LE CORYPHÉE.

Comme vous l'ordonnez vos chevaliers feront,
Seigneur, et promptement : de toute cette emplette
Chaque chose au bazar est achevée et prête.

DON MANUEL.

Mon plus beau palefroi, qu'on l'amène! pareil,
Dans sa pure blancheur, aux chevaux du soleil;
Qu'il ait housse de pourpre aux riches broderies,
La bride et le harnais semés de pierreries :
Il doit porter ma reine! — Et vous, aux sons joyeux
Des fanfares, formez un cortége pompeux,
Digne d'elle, et qu'au seuil de mon palais il mène
Celle en qui vous allez voir votre souveraine.

— Deux de vous avec moi pour les soins de ce jour!
Les autres ici même attendront mon retour:
Sur tout ce que je viens de vous dire, silence!
Vos lèvres de parler auront bientôt licence.

(Il sort, accompagné de deux des chevaliers.)

SCÈNE NEUVIÈME.

LE CHŒUR DES CHEVALIERS DE DON MANUEL.

LE CORYPHÉE.

Qu'allons-nous faire si la paix
Entre nos princes se décide?
Des longues heures, désormais,
Comment remplirons-nous le vide?
Comment du temps tromper l'ennui,
Si nous ne trouvons avec lui
Que l'inaction insipide?
N'est-il pas vrai qu'au cœur humain
Il faut la crainte, l'espérance
Et le souci du lendemain
Pour qu'il supporte l'existence
Et l'uniformité des jours?
C'est une immobile surface
Que la vie offre dans son cours:
Pour la rider il faut toujours
Qu'un souffle rafraîchissant passe.

UN AUTRE CHEVALIER.

La paix est belle;
On dirait d'elle
Un jeune pâtre assis au bord d'un clair ruisseau;

Autour de lui, joyeux troupeau,
Ses brebis broutent la prairie,
Par le soleil éclairée et fleurie.
Sa flûte rend des sons mélodieux,
Et la montagne en écho les renvoie;
Ou bien, quand, vers le soir, aux cieux.
L'astre à son coucher ne déploie
Que ses dernières gerbes d'or,
Le murmure de l'onde et le berce et l'endort.
Mais la guerre, la souveraine
De toute destinée humaine,
A bien son charme, en vérité.
Tranquille vie est importune;
J'aime un sort toujours agité;
J'aime à me sentir ballotté
Sur les vagues de la fortune.

La paix pour l'homme est la langueur.
L'oisif repos, dès qu'il y tombe,
N'est autre chose que la tombe
Pour son courage et sa vigueur.
La loi, du seul faible est l'amie,
A tout niveler elle irait;
Volontiers elle nous ferait
Une terre tout aplanie.
La guerre, au contraire, permet
Que la force puisse paraître :
A quelle hauteur elle met !
Le lâche même s'enflamme et
Sent en lui le courage naître.

UN TROISIÈME.

Les temples de l'amour ne sont-ils pas ouverts?
N'est-ce pas la beauté qu'adore l'univers?
Ou leur crainte, ou leur espérance,
Tous la portent de ce côté;
A qui sait plaire aux yeux, la royauté!
Au gré du seul amour chacun est agité,
Et, de même, la vie à son gré se nuance:
Sur sa teinte grisâtre il jette la clarté.
De l'amour l'aimable déesse,
De l'écume des mers la fille enchanteresse,
Trompe nos heureux ans par une douce ivresse;
Elle jette au milieu de la vulgarité,
De la triste réalité,
Toutes les riantes images
Des rêves d'or où l'homme est par elle porté,
Et dont elle fait ses mirages.

LE CORYPHÉE.

Au vert printemps laissons les fleurs,
Et brille la beauté de ses jeunes couleurs!
Les couronnes, qu'on se les tresse,
Et qu'aux boucles de ses cheveux
On les mêle dans la jeunesse!
C'est à de plus sévères dieux
Qu'en la maturité de l'âge
L'homme doit porter son hommage.

LE SECOND CHEVALIER.

De la déité chasseresse,
Diane, l'austère déesse,

Suivons la trace, dans les bois,
Dans les forêts à l'ombre épaisse!
Faisons, des abruptes parois
Que le sauvage rocher dresse,
Sous nos traits tomber le chamois!
La chasse est de la guerre une image fidèle;
Si le dieu des combats est toujours sérieux,
La chasse, sa fiancée, elle,
N'a jamais que le cœur joyeux :
Chacun à l'aurore
Est prêt à partir;
La trompe sonore
Vient de retentir;
Elle nous appelle :
Allez, nous dit-elle,
Allez tous, gaîment,
Courir la vallée,
Humide, perlée,
De vapeurs fumant!
A l'ardente chasse!
Allez! franchissez
Roc, pic et crevasse,
Et rafraîchissez,
A travers l'espace
Où l'air en flots passe,
Vos membres lassés!

LE TROISIÈME.

Ou vers la déesse azurée
Qui ne connaît point le repos.

Nous sentons-nous l'âme attirée?
Nous confierons-nous à ses flots?
Elle montre, pour nous séduire,
Son miroir transparent, uni;
En souriant, de son Empire
Elle nous ouvre l'infini.
Faut-il sur la vague mouvante
Nous bâtir le château flottant,
La maison légère et riante?
De la quille de son vaisseau
Celui qui laboure de l'eau
La plaine verte et transparente,
A la Fortune pour amante,
Devient son époux bien-aimé;
C'est du monde entier qu'est formé
Désormais son vaste domaine;
Sa moisson est toujours certaine,
Et sans même qu'il ait semé.
La mer est le théâtre où l'homme
Porte avec espoir son regard;
La mer est aussi le royaume
Fait au capricieux hasard.
C'est là qu'on passe de richesse,
En un moment, à pauvreté;
Là que le plus pauvre se dresse,
Au rang des rois soudain porté.
Rapides comme l'air qui joue
Sur l'aiguille signal des vents,
Sur mer les destins sont mouvants;
La Fortune tourne sa roue;

Tout sur la vague est indécis,
Là, nul domaine bien assis.

UN QUATRIÈME CHEVALIER.

Ce n'est pas seulement dans l'Empire où se brise
Le flot contre le flot heurté,
Dans l'Empire des mers par la vague agité,
C'est sur la Terre aussi, quelque solidité
Qu'offre son éternelle assise,
Que le bonheur, dans sa marche indécise,
Ne veut jamais être arrêté.
— J'ai de la paix de tout à l'heure
Un pénible saisissement;
Je ne saurais m'y fier franchement,
Et n'irai pas imprudemment
Sur la lave asseoir ma demeure.
De haine trop avant leur cœur est dévoré,
D'outrages trop cruels chacun d'eux ulcéré
Pour que jamais ils se pardonnent.
Que nous soyons au bout ne m'est pas démontré.
Aux noirs pressentiments que mes rêves me donnent,
De terreur je suis pénétré.
Sur ce que je prévois je fais bien de me taire;
Mais je n'aime pas ce mystère,
Cet hymen qui n'est pas consacré; cet amour
Qui prend la route oblique et qui se cache au jour;
Ce rapt audacieux fait dans un monastère :
Qui marche au bien, la route droite suit.
De mauvaise semence on n'a que mauvais fruit.

LE TROISIÈME.

La femme du feu prince ainsi fut amenée
En un lit criminel, nous le savons bien, tous :
Au père elle était destinée,
Et ce chef de la race, enflammé de courroux,
A sur les coupables époux
Lancé, pour sa vengeance,
Des malédictions, véritable semence
D'affreux malheurs. — Cette maison
Cache de noirs forfaits et des horreurs sans nom.

LE CORYPHÉE.

Mauvais commencement, sans doute, et qui présage
Que la fin ne vaudra pas mieux.
Aucun crime amené par une aveugle rage
Ne reste impuni sous les cieux.
Ce n'est point jeu capricieux
Du hasard, de la destinée
Si, dans leur fureur acharnée,
Veulent s'anéantir ces frères furieux :
Maudit fut le sein de leur mère,
Il devait enfanter et la haine et la guerre.
Mais je veux ne rien ajouter :
Pour leurs desseins les dieux de la vengeance
N'agissent que dans le silence...
Des maux qui sont près d'éclater
Pour déplorer la violence
Attendons qu'elle en soit à se manifester.

(Le chœur se retire.)

FIN DU PREMIER ACTE.

ACTE SECOND.

ACTE SECOND.

UN JARDIN QUI A VUE SUR LA MER.

SCÈNE PREMIÈRE.

BÉATRICE.

Elle sort d'un pavillon, va et vient avec inquiétude et, tout à coup, s'arrête à écouter.

Ce n'est pas lui : c'est, à travers la branche,
Le vent qui joue, et son bruissement.
Vers l'horizon déjà le soleil penche;
L'heure se traîne et passe lentement.
La peur me prend; même à ce grand silence,
Je sens mon cœur d'épouvante saisi.
Rien ne me dit sa prochaine présence,
A mon angoisse il m'abandonne ici.

Tout près, j'entends, comme une eau mugissante,
Le bruit du peuple en Messine agité;
Au loin, la mer murmure bondissante,
Brisant son flot, au rivage jeté.
Tout m'est terreur. — Que suis-je, environnée
De ces grandeurs? Comme au milieu des airs

Vole la feuille au vent abandonnée,
Dans l'infini je sens que je me perds.

Pourquoi l'avoir quitté le saint asile
Où je vivais, sans regrets, sans désirs ?
Calme comme est une source tranquille,
Mon cœur pourtant n'était pas sans plaisirs.
Et sur tes flots tu m'entraînes, ô vie !
Monde! en tes bras puissants tu me retiens.
Sur un serment, frivole garantie,
Mon faible cœur rompt ses premiers liens !

Ma raison s'était égarée :
M'oublier à cette action !
Une enivrante illusion
De moi s'était-elle emparée ?

J'ai déchiré mon voile virginal;
J'ai forcé l'huis de ma cellule sainte !
Étais-je donc sous un charme infernal ?
De mon couvent j'ai fui l'enceinte,
Et, coupable, ai suivi l'homme, l'audacieux,
Qui venait m'enlever à l'asile pieux!...

Oh ! viens, mon bien-aimé ! Pourquoi ta longue absence?
D'une lutte cruelle accours me délivrer !
Le repentir me ronge et la douleur commence :
A mon cœur il faut ta présence,
Ton amour pour le rassurer !

A qui venait m'aimer seul de la terre,
Était-ce donc un tort de m'attacher ?

La vie, en moi, reçut une étrangère...
A ton amour bientôt vient m'arracher
Un sort cruel, ma mère! — Ce mystère,
Je n'en dois point percer l'obscurité. —
C'est une fois que je la vis, ma mère;
De son image il ne m'est rien resté.

Un lieu tranquille en paix me voyait croître;
Mais, dans l'ardeur de la vie, au milieu
D'ombres! — Et lui paraît au seuil du cloître,
Mâle héros, dans la beauté d'un dieu!

Ce qu'éprouva mon âme à l'enivrante image,
Pour l'exprimer, il n'est pas de langage.
Étranger, il était venu
D'un monde qui m'était tout à fait inconnu.
Et, soudain, entre nous s'est formée une chaîne
Qu'on dirait n'avoir eu pas de commencement,
Et qu'à briser toute puissance humaine
Mettrait ses efforts vainement.

O noble femme! ô ma mère! pardonne
Si j'ai, devant que pour moi l'heure sonne,
Seule choisi mon destin. Tu le vois,
Je n'étais pas maîtresse de mon choix:
Il est venu le sort; il est le maître;
Pas de retraite où le dieu ne pénètre;
Il a trouvé le chemin de la tour
Où Danaé ne voyait plus le jour.
Jamais, jamais il ne perd sa victime!
Même attachée au-dessus de l'abîme,

Même enchaînée aux rochers de l'Atlas!
Vienne l'instant, et, pour fondre sur elle,
Comme un vautour il déploira son aile;
Où qu'elle soit, il ne la manque pas!

Je ne veux plus regarder en arrière;
Je ne me sais ni pays, ni foyer
A regretter: à l'amour tout entière,
C'est à l'amour que je veux me fier:
De lui nous vient félicité parfaite;
Est-il bonheur plus grand que n'est le sien?
Ce m'est assez de la part qu'il m'a faite.
D'autres bonheurs je ne regrette rien.

Ceux qui seraient en droit de m'appeler leur fille,
Je ne les connais pas et veux les ignorer
S'ils n'invoquaient les droits de la famille,
O mon ami! que pour nous séparer.
J'aime mieux me rester une énigme à moi-même:
C'en est assez pour moi de savoir que je t'aime!

(Elle devient attentive.)

C'est sa voix chérie, il arrive!...
Non, ce n'étaient que les échos
De la mer, le bruit sourd des flots,
Qui vont se brisant sur la rive...
Mon bien-aimé, ce n'est pas toi!
Malheur à moi! malheur à moi!
Que deviens-tu? Je sens que passe
Dans mon sang un frisson de glace...
Et le soleil toujours plus bas!

Ce lieu, toujours plus solitaire !
Mon cœur de plus en plus se serre.
Oh ! pourquoi donc ne viens-tu pas ?

(Elle va et vient avec inquiétude.)

Hors de ce jardin, du mystère
De cet asile tutélaire,
Je ne veux plus m'aventurer.
La terreur glaçait ma poitrine
Lorsque dans l'église voisine
Ce matin j'osai pénétrer.
C'était l'heure de la prière.
Avec puissance, avec mystère
Mon cœur disait : Va te jeter
A genoux dans le sanctuaire,
Va prier la divine mère !
Et je ne sus pas résister !...
Ai-je à craindre quelque œil avide
Qu'à m'épier on ait commis ?
Le monde est tout plein d'ennemis
Contre l'innocence timide ;
Sur tous ses pas la ruse a mis
De ses filets l'appât perfide.
J'en ai déjà souffert, hélas !
Le jour où, hors du monastère
Qui me protégeait, téméraire,
Coupable, je portai mes pas
Au sein de la foule étrangère.
C'était le jour où la cité,
Avec tant de solennité,

Faisait, au sein de ses murailles,
A son Prince des funérailles.
Oh! quelle faute! Et quel danger!
Dieu seul a pu me protéger,
Quand ce jeune homme, un étranger,
Avec des yeux comme de flamme,
Un regard qui me faisait peur,
Qui semblait me traverser l'âme,
Et voir jusqu'au fond de mon cœur,
A moi vint. A cette pensée
D'effroi je suis encor glacée!
Toujours, devant mon bien-aimé,
Du secret en moi renfermé,
De cette faute qu'il ignore
Le souvenir m'effraie encore,
Et je n'ose lever les yeux
Sur les siens...

(Elle écoute.)

Des voix en ces lieux!
Enfin c'est lui! lui-même!
Il vient, celui que j'aime!
Ce n'est pas une erreur!...
Dans ses bras! sur son cœur!

SCÈNE DEUXIÈME.

DON CÉSAR, BÉATRICE, LE CHŒUR DES CHEVALIERS DE DON CÉSAR.

BÉATRICE, reculant avec terreur :

Malheur à moi! que vois-je?

(Le chœur s'est avancé.)

DON CÉSAR.

Ah! soyez sans alarmes,
Adorable beauté!

(Au chœur :)

C'est l'aspect de vos armes
Qui lui fait peur. Allez, et dans l'éloignement
Sachez vous maintenir respectueusement.

(A Béatrice :)

Bannissez toute crainte et soyez assurée
Que pour moi la beauté, l'innocence est sacrée.

(Quand le chœur s'est retiré, il s'approche d'elle et lui prend la main :)

Pourquoi jusqu'à présent n'ai-je pu vous revoir?
En quels lieux étiez-vous? De quel dieu le pouvoir
Vous a-t-il si longtemps dérobée et cachée?
Où ne vous ai-je pas demandée et cherchée!
Et le jour, et durant les rêves de mes nuits,
Vous avez dans mon cœur régné seule, depuis
Que, comme apparaîtrait un ange de lumière,
Vous m'êtes apparue. — Alors Messine entière
Aux obsèques du Prince assistait. — Vous saviez
Quel charme, quel pouvoir sur moi vous exerciez :
Le feu de mes regards, ma lèvre frémissante,
Dans votre main ma main que j'y tenais tremblante,
Tout vous le révélait. La sainteté du lieu
Ne me permettait pas un plus complet aveu.
— La messe commença; pour faire ma prière
Je dus me prosterner à genoux sur la pierre,
Mais quand, bientôt après, je pus me relever,
Quand mon premier regard voulut vous retrouver,
Vous aviez disparu! par un lien magique

Entraînant tout mon cœur! — Dans chaque basilique,
Depuis ce jour, et sans jamais me relâcher,
Aux portes des palais, je vous ai fait chercher;
Tout lieu, public, secret, ouvert à l'innocence,
A vu de mes agents l'active vigilance.
Le soin que je prenais, cependant, était vain!
A la fin, aujourd'hui, quelque secours divin
M'assure le succès qui doit payer ma peine :
On vous a découverte en l'église prochaine.

(Béatrice qui, pendant tout ce temps, s'est tenue tremblante et détournant la tête, fait un mouvement d'effroi.)

Je vous retrouve enfin! Pour ne plus vous quitter!
Plutôt sentir le sang dans mon cœur s'arrêter!
J'enchaîne le hasard! La fortune jalouse
Sur moi ne peut plus rien : Vous êtes mon épouse!
Devant tous ces témoins je veux le publier,
Et vous en donne ici ma foi de chevalier.

(Il présente Béatrice au chœur.)

— Je ne recherche pas qui tu peux être : j'aime
Toi seule en toi; de toi je ne veux que toi-même;
Je n'ai de tout le reste aucun souci. J'ai foi
Dans le premier regard que tu jetas sur moi :
Ainsi que ta naissance il dit ton âme pure.
Quand ta condition serait la plus obscure,
Tu n'en serais pas moins mon amour. Je ne suis
Plus libre, désormais, d'un autre choix. Et puis,
Pour qu'à toi tout entier je me fasse connaître;
Que je prouve n'avoir que moi-même pour maître,
Être placé sur terre en un rang assez haut
Pour élever à moi mon amante, il ne faut

Que me nommer : Je suis don César. Dans Messine
Mon pouvoir n'en connaît aucun qui le domine.

(Béatrice recule effrayée ; il s'en aperçoit et continue après une courte pause.)

Que j'aime ce silence et cet étonnement !
Des attraits la pudeur est le couronnement.
La beauté de soi-même a-t-elle conscience?
Elle a peur, la beauté, de sa propre puissance...
— Je te laisse à toi-même, afin que ta frayeur
Se dissipe; on s'effraie, et même du bonheur,
Lorsque l'impression reçue est trop soudaine...

(Au chœur :)

Honorez mon épouse et votre souveraine;
Ces deux titres, ils sont les siens dès cet instant.
Dites-lui les grandeurs du destin qui l'attend.
Je reviendrai la prendre en pompe solennelle,
Digne tout à la fois et de moi-même et d'elle.

(Il sort.)

SCÈNE TROISIÈME.

BÉATRICE, LE CHŒUR DES CHEVALIERS DE DON CÉSAR.

LE CORYPHÉE.

A vous, que nous donne
Pour régner sur nous,
Gracieuse et bonne,
Un royal époux,
Victoire, couronne,
Et les vœux de tous!
Au trône il vous place

Pour perpétuer
Son illustre race!
Je viens saluer
La charmante mère
Qui va dans ces murs
Donner à la terre
Des héros futurs.

UN AUTRE CHEVALIER.

Trois fois salut, ô jeune fille,
Qui sous des auspices heureux,
Et vous-même le cœur joyeux,
Entrez dans l'heureuse famille
Que comble la faveur des dieux;
Où de glorieuses annales
De son palais ornent les salles,
Où, de l'ancêtre au petit-fils,
Le sceptre s'est toujours transmis!

LE CORYPHÉE.

Quand vous y viendrez,
Vous réjouirez
Ses dieux domestiques,
Pénates antiques,
Graves, vénérés.
Hébé, toujours belle,
Se tient prête au seuil
A vous faire accueil;
Vous verrez près d'elle,
Empressée encor,

La Victoire à l'aile
Où resplendit l'or,
Compagne éternelle
Du maître des dieux.
Au séjour des cieux,
Planant sur son trône,
Elle l'environne
Et, dès que l'ordonne
Du grand Jupiter
La toute-puissance,
Des hauteurs de l'air
Pour vaincre s'élance.

LE SECOND CHEVALIER.

Dans cette noble race on a toujours porté
La couronne de la beauté :
Une princesse
A l'autre y laisse
Sa charmante pudeur, sa grâce enchanteresse;
Mais nous n'en avons vu jamais rien de plus beau
Que ce tableau :
Dans sa fleur de beauté nous admirons la fille,
Quand de toute la sienne encor la mère brille.

BÉATRICE, sortant de sa stupeur :

O malheureuse! à quelles mains
Me livre le sort qui m'accable!
Qui pouvait, de tous les humains,
Être pour moi plus redoutable?
Je comprends maintenant cet invincible effroi,

La mystérieuse épouvante,
Qui s'emparait de moi
Et me rendait tremblante,
Alors qu'à mon oreille il arrivait le nom
De cette terrible maison,
De cette race dont la haine
Sur son propre sein se déchaîne,
Dont les membres entre eux veulent s'anéantir.
Jusqu'à moi bien souvent est venu retentir
Le bruit qu'elle faisait la haine envenimée
Entre un frère et l'autre allumée.
Et voilà que sur moi déployant sa rigueur
Le sort m'entraîne, innocente victime,
Sans espoir, au fond de l'abîme
Qu'ouvrit leur haine et leur malheur !

(Elle s'enfuit dans le pavillon.)

SCÈNE QUATRIÈME.

LE CHŒUR DES CHEVALIERS DE DON CÉSAR.

LE CORYPHÉE.

Je porte envie au fils aimé des dieux
Qui dans ce monde en mains a la puissance :
Ce que la terre a de plus précieux
Est pour le maître un lot marqué d'avance ;
Il prend la fleur de ce que sous les cieux
L'homme a de grand et de délicieux.

UN AUTRE CHEVALIER.

Du fond des mers les perles qu'on amène,
Il les choisit, les plus pures. — Du gain

Qu'on a tiré de la commune peine,
La part meilleure est pour le souverain ;
Qu'au sort ses gens partagent le butin,
De cette part il est toujours certain.

LE CORYPHÉE.

Mais ce qu'il a de plus beau dans sa vie,
— Je veux laisser le reste de côté, —
Le seul bonheur qu'au souverain j'envie,
C'est qu'il choisit la fleur de la beauté,
Et ce dont l'œil de tous est enchanté,
Est à lui seul, trésor incontesté.

LE SECOND CHEVALIER.

Du glaive armé, le corsaire au rivage
Tombe de nuit. — Il a semé l'effroi,
Il a pillé, réduit en esclavage ;
A ses désirs il ne sait pas de loi.
Seule, une femme a ses égards : pourquoi ?
C'est la plus belle : elle est le bien du roi.

LE CORYPHÉE.

Venez! Allons veiller pour notre maître ;
Gardons l'accès de ce lieu de bonheur :
Il ne faut pas qu'un profane y pénètre.
Qu'il soit content notre noble seigneur,
Lui qui confie à notre œil protecteur
De tous ses biens le plus cher à son cœur.

(Le chœur se retire par le fond du théâtre.)

SCÈNE CINQUIÈME.

UNE SALLE DE L'INTÉRIEUR DU PALAIS.

ISABELLE, debout entre DON MANUEL et DON CÉSAR.

ISABELLE.

Il luit enfin ce jour que j'ai tant souhaité,
Tant attendu, ce jour plein de solennité!
Comme j'unis vos mains, ô mes fils, c'est sans peine
Que vos cœurs ont formé leur fraternelle chaîne.
Pour la première fois, depuis tant de bonheur,
Je puis donc sans témoins vous ouvrir tout mon cœur!
Plus de ces étrangers, foule rude, indiscrète,
Se plaçant entre nous comme à combattre prête.
Il ne retentit plus ce tumulte guerrier
Qui frappait mon oreille et venait m'effrayer.
Comme d'oiseaux de nuit une sombre nichée,
En obscurcissant l'air, s'envole effarouchée
De murs qu'ont ruinés l'incendie et le temps
Et dont ils s'étaient vus paisibles habitants,
Lorsqu'enfin sonne l'heure heureuse qui ramène,
Après un long exil, le maître du domaine,
Lorsque de son retour s'entend le joyeux bruit
Et qu'il va relever l'édifice détruit,
Ainsi la vieille haine en murmurant nous quitte,
Avec elle emmenant sa ténébreuse suite,
Le soupçon à l'œil creux, l'envie au teint blafard,
L'ardente jalousie à l'oblique regard,
Et va rendre à l'enfer sa hideuse cohorte,
Tandis que nous voyons rentrer par notre porte,

Souriant toutes deux, conduites par la paix,
La douce confiance et la concorde.

(Elle s'arrête.)

Mais
Ce n'était pas assez que ce jour si prospère
Vînt à chacun de vous, mes fils, donner un frère;
Non! non! c'est une sœur qu'aussi vous lui devrez!
Avec étonnement vous me considérez?
Oui, mes fils, je n'ai plus à garder le silence,
Et d'un secret ancien vous aurez connaissance:
J'eus une fille aussi de mon auguste époux...
Votre sœur, mes enfants, est plus jeune que vous;
Vous pourrez l'embrasser aujourd'hui.

DON CÉSAR.

Quoi, ma mère,
Nous avons une sœur, et c'était un mystère?

DON MANUEL.

Enfants, on nous avait parlé de cette sœur;
Mais on la disait morte au berceau.

ISABELLE.

Bruit menteur!
Elle vit.

DON CÉSAR.

Elle vit, et sur son existence
Vous vous taisiez?

ISABELLE.

Je vais expliquer mon silence:

Je vous dirai les faits et vous verrez quels fruits
Cette heureuse semence aura bientôt produits :
A peine comptiez-vous vos premières années,
Que vos divisions fatales étaient nées;
Le cœur de vos parents en eut bien à gémir.
— Puissent-elles, mes fils, ne jamais revenir ! —
Votre père eut alors un bien étrange rêve :
Sur son lit nuptial il croit voir que s'élève
Le tronc de deux lauriers; leurs rameaux vigoureux
S'entrelacent. Un lis dresse sa tige entre eux...
Soudain la fleur n'est plus qu'une flamme, qui monte
Du feuillage au plafond, et qui, toujours plus prompte,
S'étend avec furie et fait en un moment
Du palais tout entier un vaste embrasement.
De cette vision effrayé, votre père
Veut par l'art des devins en percer le mystère :
Un astrologue arabe, auquel j'aurais voulu
Que son attachement fût bien moins absolu,
Lui dit que si jamais j'enfantais une fille
Elle tûrait nos fils; que toute sa famille
Par elle périrait. — Cette fille naquit. —
Son père... le cruel! voulut qu'elle pérît;
Qu'on la jetât sur l'heure à la mer!... Je sus faire
Qu'il ne s'accomplit pas cet arrêt sanguinaire;
Et je sauvai ma fille; et je dois ce bonheur
Au secours d'un fidèle et discret serviteur.

DON CÉSAR.

Pour vous avoir aidée, à lui reconnaissance!
Une mère jamais n'a manqué de prudence.

ISABELLE.

L'amour maternel seul, quoi qu'il ait de puissant,
Ne m'avait pas poussée à sauver mon enfant :
Mon sein portait encor cette fille si chère
Que j'eus mon songe étrange, ainsi que votre père :
Un enfant, aussi beau que d'amour sont les dieux,
Sur un gazon fleuri se livrait à ses jeux;
D'un bois sort un lion; de sa gueule sanglante
Est pendante une proie encore palpitante;
Il vient la déposer au giron de l'enfant...
Du haut des airs s'abat un aigle au même instant;
Il tient un faon tremblant entre sa double serre,
Et, comme le lion pour l'enfant vient de faire,
Dépose doucement la proie en son giron;
Et puis, en même temps, et l'aigle et le lion
Se couchent à ses pieds comme en signe d'hommage...
Un moine m'expliqua le sens de cette image;
Un saint homme, de qui, dans mes afflictions,
Je recevais conseils et consolations:
Je devais, m'a-t-il dit, mettre une fille au monde,
Et je verrais, par elle, en une amour profonde,
Ardente, s'accorder la haine de mes fils.
Dans le fond de mon cœur je gardai cet avis;
Je crus la voix de Dieu plutôt que le mensonge,
— Autre chose pour moi n'était le premier songe, —
Et je sauvai ma fille, enfant prédestiné,
Qu'avait béni le ciel; ce gage à moi donné
De la paix entre vous; qui la rendait certaine,
Bien que chaque journée augmentât votre haine.

DON MANUEL, embrassant son frère :

Pour les nœuds fraternels que forme notre cœur,
Nous n'avons pas besoin du secours d'une sœur;
Mais que de plus en plus cette sœur les resserre!

ISABELLE.

Dans un endroit secret, une main étrangère,
Mystérieusement, prit soin de l'élever,
Loin de moi, de sa mère : il fallut me priver
Du bonheur de la voir. De sa chère présence
J'avais l'ardent désir : j'y faisais violence;
Je craignais votre père et sa sévérité;
Il était de soupçons sans cesse tourmenté,
Et de ses espions l'active surveillance
Attachée à mes pas, servait sa défiance.

DON CÉSAR.

Il est, depuis trois mois, dans sa tombe couché.
Pourquoi donc cet enfant pendant longtemps caché,
Cette fille, ne pas permettre qu'on la voie?
Pour quel motif avoir retardé notre joie?

ISABELLE.

Quel motif en avais-je autre que le malheur
De vos luttes, dont rien ne calmait la fureur?
Sur la tombe d'un père à peine refermée,
Votre haine s'était plus vive rallumée.
Vous réconcilier, hélas! je n'en avais
Nul moyen, nul espoir. Dites si je pouvais
La placer entre vous et devant votre épée,

Cette sœur à la mort par miracle échappée?
Vous, dans votre tempête, auriez-vous entendu
La voix de votre mère? Est-ce que j'aurais dû
Risquer à vos transports de haine furieuse
Ce gage désigné d'une paix précieuse,
La dernière ancre sainte où mettre mon espoir?
Non, vous deviez chacun en arriver à voir
Dans votre frère un frère, avant que je ne fisse
Que cet ange de paix entre vous resplendisse.
Plus d'obstacle aujourd'hui! vous verrez votre sœur.
D'heure en heure j'attends un ancien serviteur
A qui j'ai confié le soin d'aller la prendre
A son paisible asile. A mon cœur il va rendre
Une fille bien chère et mettre dans vos bras
Une sœur.

DON MANUEL.

Pour ma mère elle ne sera pas
La seule qu'aujourd'hui dans les siens elle presse:
Par chaque porte ici pénètre l'allégresse:
Ce palais déserté va se remplir. Ce jour,
De la grâce charmante y fixe le séjour...
Connaissez mon secret: en échange, ma mère,
De ma sœur, je vous donne une autre fille chère.
Oui, ma mère, tel est l'aveu que je vous dois.
Bénissez votre fils; son cœur a fait son choix:
Celle qui de mes jours deviendra la compagne,
Je l'ai trouvée. Avant que l'astre du jour gagne
L'horizon, je mettrai, moi, votre Manuel,
Mon épouse à vos pieds.

ISABELLE.

Sur mon sein maternel
Avec transports, mon fils, je la recevrai, celle
Qui rend heureux ainsi mon premier-né. Pour elle
Que partout naissent joie, et plaisirs, et bonheurs,
Et tout ce que pourra la vie avoir de fleurs!
Mon front ceint aujourd'hui sa plus belle couronne;
Le bonheur soit le prix du fils qui me la donne!

DON CÉSAR.

N'épuisez pas, ma mère, en ce jour fortuné,
Vos bénédictions sur votre premier-né.
Puisqu'aimer fait bénir, eh bien! ma mère, j'aime;
Je vous donne une fille aussi, votre troisième,
Digne de vous; qui m'a fait connaître l'amour.
Avant qu'à l'horizon le soleil de ce jour
Descende, je l'aurai devant vous amenée,
Celle à qui don César unit sa destinée.

DON MANUEL.

Puissance souveraine et divine! amour! toi
Que des âmes l'on nomme avec raison le roi,
Sous ta suprême loi chaque élément s'enchaîne;
Tu rapproches les cœurs que divisait la haine;
Rien qui ne rende hommage à ta grandeur: voici
Que tu soumets un cœur indompté jusqu'ici,
Le cœur de don César!

(Il embrasse don César.)

Mon frère, à ta tendresse
Je crois de ce moment; dans mes bras je te presse;

Par le plus doux espoir je me laisse charmer ;
Je ne puis plus douter de toi : tu sais aimer !

ISABELLE.

Il est trois fois béni pour moi, ce jour prospère,
Mes fils, ce jour qui vient du cœur de votre mère
Enlever tout le poids de longs, d'affreux tourments.
Je vois ma race assise en de sûrs fondements ;
Et l'immense avenir, en paix je l'envisage.
Hier encor je portais le voile du veuvage,
J'étais abandonnée et sans enfants ; j'allais
En pleine solitude errant dans ce palais ;
Et voilà qu'aujourd'hui cet isolement cesse :
Trois filles, dans l'éclat que donne la jeunesse,
Toutes trois dans sa fleur étalant leur beauté,
Tout à l'heure viendront briller à mon côté !
Où la mère, où la femme, entre toutes au monde
Heureuse du bonheur d'avoir été féconde,
Qui prétendrait qu'au mien son bonheur est égal ?
— Vous les avez, mes fils, prises d'un sang royal,
N'est-ce pas ? vous n'auriez pas fait un choix indigne ?
Pourtant, jusqu'à présent, rien ne me les désigne :
Des princes, nos voisins, je ne vois pas celui....

DON MANUEL.

Ma mère, seulement encor pour aujourd'hui
Laissez à mon bonheur son voile et son silence :
L'instant où vous allez le connaître s'avance.
Vienne ma fiancée, et je vous garantis
Que vous applaudirez au choix de votre fils.

ISABELLE.

En toi, mon premier-né, l'esprit, le caractère
Sont exactement tels que les avait ton père;
Il aima de tout temps à former en secret,
A garder en lui-même un plan qu'il préparait,
Et renfermait au fond d'une âme impénétrable
Sa résolution, toujours inébranlable.
Je consens volontiers à ce léger retard....
Mais je ne doute pas que mon fils don César
Ne me dise quelle est la royale famille
D'où par lui me viendra cette troisième fille.

DON CÉSAR.

Pour agir en secret je ne suis pas connu:
De même que mon front, ma pensée est à nu.
Pourtant, — à cet aveu je mets toute franchise, —
Ce que vous désirez que votre fils vous dise,
Lui-même ne se l'est pas encor demandé.
Le soleil, on le voit, on en est inondé,
Mais se demande-t-on: d'où sa flamme vient-elle?
Il brille, et de soi-même au monde se révèle;
Il brille; c'est assez pour prouver à nos yeux
Qu'il vient de la lumière et qu'il en tient ses feux.
Ma mère, il m'a suffi de voir ma fiancée;
J'ai lu dans son œil pur, au fond de sa pensée;
Ma perle, à son éclat je la reconnaîtrai,
Mais son nom de moi-même est encore ignoré.

ISABELLE.

Explique-toi, César: as-tu cru reconnaître,
Au premier sentiment qu'en toi l'amour fit naître,

Comme la voix de Dieu? De toi j'attendais bien
Quelque acte du jeune homme impétueux, mais rien
Qui fût l'aveuglement d'un enfant. — Sois sincère :
Quels motifs ont guidé ton choix?

DON CÉSAR.

Un choix, ma mère?
Est-ce qu'il fait un choix l'homme, quand le destin,
A l'heure qu'il marqua, dans sa course l'atteint?
Je n'étais certes pas sorti dans la pensée
De chercher qui j'allais nommer ma fiancée;
Ce n'était pas non plus qu'un aussi vain désir,
Dans la maison de mort au cœur pût me saisir;
Et cependant, c'est là que j'ai rencontré celle
Que je ne cherchais pas. — La femme! qu'était-elle
A mes yeux jusqu'alors? un être sans valeur,
Léger, vide, pour qui je n'avais que froideur:
Nulle ne vous était comparable, ô ma mère!
C'est l'image de Dieu que dans vous je vénère....
— C'était le triste jour, et de deuil, et de pleurs,
Qu'à mon père on rendait les funèbres honneurs;
Sous un déguisement j'étais, comme mon frère,
Dans la foule; aux regards cherchant à me soustraire,
Comme très-sagement vous l'aviez arrêté :
Vous craigniez nos discords; que la solennité
N'en fût soudainement, peut-être, suspendue.
— La nef du sanctuaire était de noir tendue;
Sur un socle on voyait le cercueil exposé
Devant l'autel, couvert d'un grand drap noir, croisé
De croix blanches; autour, se dressaient vingt génies

Éclairant l'appareil de ces cérémonies
Des funèbres flambeaux qu'ils tenaient dans la main;
Dessus, les attributs du pouvoir souverain,
Et ceux particuliers à la chevalerie :
Éperons d'or, épée, à poignée enrichie
De diamants. — Partout, profond recueillement
Et chacun à genoux. — Dans ce même moment,
Du haut du chœur, soudain, les orgues retentissent,
A leurs accords cent voix dans un hymne s'unissent,
Et, pendant sa durée, aux yeux des assistants,
Le cercueil et son socle étaient, en même temps,
Descendus lentement jusqu'à la sépulture
Dont le drap noir aux yeux dérobait l'ouverture.
Tout terrestre ornement la terre le gardait;
Il n'accompagnait point le mort qu'on descendait.
Et le chant séraphique emportait sur ses ailes
L'âme affranchie, allant aux sphères éternelles
Demander le repos à son Dieu. — Tout ceci,
Avec tant de détails je le rappelle ici
Pour vous convaincre bien que je ne songeais guère,
En un pareil moment, aux choses de la terre.
Pour faire entrer en moi le rayon de l'amour,
L'arbitre de ma vie avait choisi ce jour
Si solennel, si grave! — En vain je me demande
Comment c'est arrivé.

ISABELLE.

Poursuis! — Que je t'entende
Jusqu'au bout.

DON CÉSAR.

D'où venait cette femme et comment

Elle s'est près de moi trouvée en ce moment,
Ne le demandez pas; pour moi c'est un mystère.
Quand je levai les yeux, à mon côté, ma mère,
Elle était. A sa vue, un sentiment subit,
Mystérieux, profond, merveilleux me saisit;
Son sourire si doux, sa grâce enchanteresse,
Son visage si beau, sa forme de déesse,
Tout ce que sa personne avait de ravissant,
N'est pas ce qui causait ce charme si puissant.
C'était elle, c'était sa pensée et sa vie
Qui semblaient s'emparer de mon âme ravie.
Je sentais entre nous un céleste lien;
Comme un pouvoir magique où l'on ne comprend rien.
Lorsque, si rapprochés, nos souffles se mêlèrent,
Nos âmes, sans un mot, sans nulle aide, semblèrent
Communiquer ensemble en un contact sacré;
Son cœur, jusques au fond je l'avais pénétré;
Oui, je la connaissais cette femme, ô ma mère,
Bien qu'elle ne me fût encor qu'une étrangère,
Et dans moi clairement j'entendais une voix
Me dire : « La voilà! ne fais pas d'autre choix!
Elle, ou point! »

DON MANUEL, l'interrompant avec feu :

C'est bien là cette divine flamme,
Ce rayon de l'amour qui frappe, embrase l'âme
Près de l'âme parente, et qui vient nous ôter
La liberté du choix, comme de résister!
Des nœuds que le ciel forme, aucun pouvoir sur terre
Ne saurait les briser. — Je rends grâce à mon frère :

Ce qu'il a raconté, c'est mon propre destin;
Il dissipe pour moi ce qu'avait d'incertain
Le sentiment secret dont mon âme s'enivre.

ISABELLE.

Je vois qu'avec mes fils le destin entend suivre
Sa route librement. Quand le torrent bondit
Du haut de la montagne, il se creuse son lit
Et court, sans nul souci du régulier passage
Qu'avait pour lui tracé la main prudente et sage.
Eh bien! je me soumets, — qu'y pourrais-je changer? —
Aux célestes desseins qu'on ne peut diriger.
Le sort de ma maison se prépare en silence;
Dans le cœur de mes fils je mets mon espérance:
Ils sont nobles tous deux de naissance et de cœur.

SCÈNE SIXIÈME.

ISABELLE, DON MANUEL, DON CÉSAR, DIÉGO, qui se montre à la porte.

ISABELLE.

Le voilà de retour, mon digne serviteur!
— Approche! — Eh bien? Ma fille? — Ils savent tout, ses frères;
Plus de ménagement, Diégo! plus de mystère!
— Ne me la cache plus! — Nous sommes prêts, ici,
A la plus grande joie. — Allons! viens!

(Elle va vers la porte au devant de lui.)

Qu'est ceci?
Cette hésitation?... Rester-là sans rien dire?
— Ce n'est pas mon bonheur qu'en tes yeux je puis lire.

Qu'est-il donc arrivé? Parle! J'ai le frisson.
Ma fille? Béatrice?

(Elle veut sortir.)

DON MANUEL, à part, avec surprise:

Ah!... Béatrice?

DIÉGO, arrêtant Isabelle:

Non,
Restez!

ISABELLE.

Où donc est-elle? — Ah! l'angoisse me tue!

DIÉGO.

Béatrice n'est pas avec moi revenue.

ISABELLE.

Au nom de tous les saints, quel est donc le malheur?...

DON CÉSAR.

Ma sœur? dis, malheureux! que sais-tu de ma sœur?
Parle donc!

DIÉGO.

De forbans votre sœur est la proie.
O jour infortuné! faut-il que je le voie!

DON MANUEL.

Du courage, ma mère!

DON CÉSAR.

Il faut vous contenir,
Et que vous sachiez tout. Laissez Diégo finir.

DIÉGO.

Madame, pour répondre à votre impatience,
Je m'étais mis en route et faisais diligence :
Une dernière fois j'allais à ce couvent
Dont j'avais déjà fait le chemin si souvent.
Le bonheur m'emportait sur son aile légère.

DON CÉSAR.

Au fait!

DON MANUEL.

Abrége donc!

DIÉGO.

J'arrive au monastère;
J'en traverse les cours, que je connais si bien,
Et lorsque je m'enquiers de votre fille, rien!
Pour réponse, l'effroi peint sur chaque figure,
Et, frémissant, j'apprends cette horrible aventure.

(Isabelle tombe pâle et tremblante sur un fauteuil. Don Manuel s'empresse auprès d'elle.)

DON CÉSAR.

Enlevée, as-tu dit? — Un corsaire africain?
L'a-t-on vu? d'où sais-tu que le fait soit certain?

DIÉGO.

On a vu le vaisseau d'un corsaire au mouillage
Près du cloître.

DON CÉSAR.

Souvent, pour éviter l'orage,
Dans cette même baie un vaisseau s'est tenu.
Et celui-là, sait-on ce qu'il est devenu?

DIÉGO.

De toute sa vitesse, au lever de l'aurore,
On l'a vu s'éloigner.

DON CÉSAR.

Et qu'a-t-il pris encore?
Au Maure un seul butin ne suffit pas.

DIÉGO.

Il a
Pris un troupeau de bœufs qui paissaient près de là.

DON CÉSAR.

Mais comment les brigands, au sein du monastère,
Si bien clos, où se fait une garde sévère,
Pour enlever ma sœur, ont-ils donc pénétré?

DIÉGO.

En franchissant le mur dont il est entouré :
Une échelle un peu haute a bien pu leur suffire.

DON CÉSAR.

Jusque dans sa cellule ils ont pu s'introduire?
Quand on cloître les sœurs si rigoureusement?

DIÉGO.

Les nonnes que ne lie encore aucun serment
Peuvent se promener en plein air.

DON CÉSAR.

Béatrice
Usait-elle souvent de ce droit de novice?

DIÉGO.

Aux endroits retirés elle portait ses pas;
Aujourd'hui, seulement, elle ne revint pas.

DON CÉSAR, après un moment de réflexion :

Un rapt? si les brigands en effet l'ont trouvée
Libre à ce point qu'ils l'aient aisément enlevée,
Il peut se faire aussi que de sa liberté,
Pour s'enfuir du couvent, ma sœur ait profité.

ISABELLE, se levant :

C'est d'un enlèvement que ma fille est victime,
C'est d'une violence, et ce rapt est un crime!
De son plein gré jamais elle n'eût, votre sœur,
Oubliant tout devoir, suivi le ravisseur!...
O mes fils, cette sœur que, dans cette journée,
Avec tant de bonheur je vous aurais donnée,
Il faut que maintenant je la doive à vos bras!
Courage, mes héros! vous ne souffrirez pas
Que d'un audacieux elle reste la proie.
Aux armes, mes enfants, aux armes! qu'on déploie
La voile des vaisseaux! qu'on explore avec soin
Les anses de la côte et, s'il le faut, au loin,
Sur les mers, du voleur que justice soit faite!
C'est d'une sœur qu'il faut poursuivre la conquête!

DON CÉSAR.

Je vole à sa vengeance, à sa recherche! adieu!

(Il sort.)

SCÈNE SEPTIÈME.

ISABELLE, DON MANUEL, DIÉGO.

DON MANUEL, sortant d'une distraction profonde, se tourne avec inquiétude vers Diégo :

Et depuis quand dis-tu qu'elle a quitté le lieu...?

DIÉGO.

On a, de ce matin, remarqué son absence.

DON MANUEL, à sa mère :

Son nom est Béatrice?

ISABELLE.

Oui. — Mais fais diligence,

Et plus de questions!

DON MANUEL.

J'ai besoin de savoir...

ISABELLE.

Ton frère t'a donné l'exemple : à ton devoir!

DON MANUEL.

Ah! je vous en conjure : où ma sœur était-elle?

ISABELLE, le pressant de partir :

Vois mes larmes, mon fils, mon angoisse mortelle!

DON MANUEL.

Où l'aviez-vous cachée?

ISABELLE.

Elle ne l'eût été
Mieux au sein de la terre!

DIÉGO.

Ah! je suis tourmenté
D'une crainte...

ISABELLE.

Laquelle? Il faut ne me rien taire!

DIÉGO.

Il se peut que je sois la cause involontaire
De cet enlèvement.

ISABELLE.

Que dis-tu, malheureux?
Que s'est-il donc passé? Les plus complets aveux!

DIÉGO.

Si je ne vous ai pas de ce fait informée,
C'est que vous en pouviez vous sentir alarmée:
Le jour où fût porté le prince en son tombeau,
Où, toujours curieux d'un spectacle nouveau,
Le peuple à cette fête, et triste, et solennelle,
Se pressait, votre fille, — au couvent la nouvelle
Jusques à son oreille en avait pénétré, —
Votre fille m'avait ardemment conjuré
De souffrir qu'elle vît cette cérémonie;
Et moi je crus devoir céder à son envie...
Sous des habits de deuil alors elle sortit,
Et, la solennité, Béatrice la vit.

C'est là, je le crains bien, qu'en cette foule immense,
Son ravisseur aura remarqué sa présence;
De sa beauté si rare aucun déguisement
Ne peut cacher l'éclat.

DON MANUEL, à part :

Oh! quel soulagement
J'éprouve à ce récit! Non, non, ce n'est pas elle!
Mes indices n'ont rien de ceux qu'il me révèle.

ISABELLE.

Ainsi tu m'as trahie, ô vieillard insensé!

DIÉGO.

Madame, en exauçant un tel vœu, j'ai pensé
Suivre, pour bien agir, la route la plus sûre.
J'ai vu dans ce désir la voix de la nature,
La puissance du sang; l'œuvre même du ciel,
Qui dirigeait la fille au tombeau paternel
Par une attraction douce et mystérieuse.
Elle était un devoir cette action pieuse,
Un droit même; et voilà que, par un sort fatal,
A bonne intention pourtant, j'ai fait le mal.

DON MANUEL, à part :

Pourquoi rester ici dans mon inquiétude?
Je veux tout éclaircir, je veux la certitude!

(Il veut sortir.)

DON CÉSAR, qui revient :

Attends-moi, Manuel, je m'en vais avec toi.

DON MANUEL.

Reste! ni toi, César, ni personne avec moi!

(Il sort.)

SCÈNE HUITIÈME.

ISABELLE, DON CÉSAR, DIÉGO.

DON CÉSAR, suivant don Manuel d'un œil étonné:

Don Manuel!... Qu'a-t-il? Le savez-vous, ma mère?

ISABELLE.

Il est méconnaissable, en vérité, ton frère!
Quel changement en lui!

DON CÉSAR.

J'ai dû pour un moment
Revenir sur mes pas : Dans mon empressement
Je ne vous avais pas demandé quel indice,
Quel signe me fera connaître Béatrice.
Il me faut, si je veux sur sa trace arriver,
Savoir d'où les forbans l'osèrent enlever.
Nommez-moi le couvent qui lui servait d'asile,
Ma mère.

ISABELLE.

Pour patrone il a Sainte-Cécile,
Et se cache au milieu de la forêt qui va
Par une pente douce au sommet de l'Etna.
Ce couvent offre à l'âme abri, repos, mystère.
C'est là qu'était ta sœur.

DON CÉSAR.

Du courage, ma mère!
Fiez-vous à vos fils! Je la retrouverai
Ma sœur, et dans vos bras je la ramènerai!
Oui, dussé-je, aussi loin qu'elles peuvent s'étendre,
Courir terres et mers, je saurai vous la rendre!...
— Cependant je n'ai pas cet unique souci:
C'est à des étrangers que j'ai dû, jusqu'ici,
Laisser ma fiancée: à vous seule, ma mère,
Je puis la confier cette tête si chère.
Vous verrez mon trésor; je vais vous l'envoyer;
Dans ses bras, sur son cœur, vous allez oublier
Vos chagrins, vos douleurs!

(Il sort.)

SCÈNE NEUVIÈME.

ISABELLE.

Quand se lassera-t-elle
La malédiction si longue, si cruelle,
Qui sur cette maison pèse! Un Esprit mauvais
De mon espoir se joue. Est-ce donc que jamais
Il ne mettra de terme à sa jalouse rage?
Je me croyais si près d'atteindre un sûr rivage,
De m'abriter au port! J'avais si bien mis foi
Aux gages de bonheur qui se montraient à moi!
Je pensais n'avoir plus à craindre la tempête;
Joyeuse, tout pour moi prenait un air de fête;
D'un beau soleil couchant le pays s'éclairait...

Et voilà que soudain l'orage reparaît!
Sur le ciel le plus pur! et que, moi, malheureuse,
Il vient me rejeter à la mer furieuse!

(Elle rentre dans le palais; Diégo la suit.)

FIN DU SECOND ACTE

ACTE TROISIÈME.

ACTE TROISIÈME.

LE JARDIN SUR LA MER.

SCÈNE PREMIÈRE.

LES DEUX CHŒURS, puis, BÉATRICE.

Les chevaliers de don Manuel s'avancent dans un appareil de fête, parés de fleurs et portant les parures de fiancée décrites acte I, scène VIII; des chevaliers de don César veulent leur interdire l'entrée.

LE CORYPHÉE DU PREMIER CHŒUR.

Quitte la place, et ce sera prudence.

LE CORYPHÉE DU SECOND CHŒUR.

Oui, si peut-être un plus fort le voulait.

LE CORYPHÉE DU PREMIER CHŒUR.

Vois qu'importune ici m'est ta présence.

LE CORYPHÉE DU SECOND CHŒUR.

J'y resterai puisqu'elle te déplaît.

LE CORYPHÉE DU PREMIER CHŒUR.

Qui puis-je ici trouver qui me défende
D'y rester seul?

LE CORYPHÉE DU SECOND CHŒUR.

Moi, qui seul y commande.

LE CORYPHÉE DU PREMIER CHŒUR.

Pour obéir à mon maître je vien.

LE CORYPHÉE DU SECOND CHŒUR.

Je suis venu pour obéir au mien.

LE CORYPHÉE DU PREMIER CHŒUR.

Qu'au frère aîné cède le jeune frère!

LE CORYPHÉE DU SECOND CHŒUR.

C'est au premier occupant qu'est la terre...

LE CORYPHÉE DU PREMIER CHŒUR.

Va! je te hais! vide-moi le terrain!

LE CORYPHÉE DU SECOND CHŒUR.

Non sans avoir mesuré nos épées.

LE CORYPHÉE DU PREMIER CHŒUR.

Seras-tu donc partout en mon chemin?

LE CORYPHÉE DU SECOND CHŒUR.

Et te bravant, tiens cela pour certain.

LE CORYPHÉE DU PREMIER CHŒUR.

Tu n'as ici d'oreilles occupées
Qu'à tout ouïr, tout épier, pourquoi?

LE CORYPHÉE DU SECOND CHŒUR.

Et qu'y viens-tu savoir, ordonner, toi?

LE CORYPHÉE DU PREMIER CHŒUR.

Je n'y suis point pour te répondre, moi.

LE CORYPHÉE DU SECOND CHŒUR.

T'ai-je honoré d'un seul mot?

LE CORYPHÉE DU PREMIER CHŒUR.

Pour mon âge
Un peu d'égards, jeune homme!

LE CORYPHÉE DU SECOND CHŒUR.

Mon courage
Comme le tien est connu.

BÉATRICE, sortant précipitamment du pavillon :

Justes cieux!
Que font ici ces guerriers furieux?

LE CORYPHÉE DU PREMIER CHŒUR (au second :

Je te méprise, et tes airs orgueilleux!

LE CORYPHÉE DU SECOND CHŒUR.

Bien au-dessus du tien je mets mon maître.

BÉATRICE.

Malheur! Malheur! ah! s'il allait paraître!

LE CORYPHÉE DU PREMIER CHŒUR.

Tu mens! au mien du premier rang l'honneur.

LE CORYPHÉE DU SECOND CHŒUR.

Dans tout combat don César est vainqueur.

BÉATRICE.

Voici son heure; à venir il s'apprête.

LE CORYPHÉE DU PREMIER CHŒUR.

N'était la paix, je te le ferais voir!

LE CORYPHÉE DU SECOND CHŒUR.

La paix, dis-tu? c'est la peur qui t'arrête.

BÉATRICE.

Oh! que bien loin je voudrais le savoir!

LE CORYPHÉE DU PREMIER CHŒUR.

Je crains la loi, non toi; que tu le saches!

LE CORYPHÉE DU SECOND CHŒUR.

La loi? fort bien : elle abrite les lâches.

LE CORYPHÉE DU PREMIER CHŒUR.

Donne l'exemple et je t'imiterai;
Mon fer après le tien...

LE CORYPHÉE DU SECOND CHŒUR.

Je l'ai tiré!

BÉATRICE, dans la plus vive anxiété :

Ils en viennent aux mains! déjà brille le glaive!
Qu'ici mon bien-aimé ne se présente pas,
O puissance du ciel vers qui ma voix s'élève!
D'obstacles, de retards embarrassez ses pas!...
O saints anges, à qui, dans mon amour ardente,
J'ai demandé qu'à moi bientôt il pût venir,
N'allez point exaucer ma prière imprudente,
Et loin d'ici, bien loin, daignez le retenir!

(Elle rentre en toute hâte. Au moment où les deux chœurs s'attaquent, don Manuel paraît.)

SCÈNE DEUXIÈME.

DON MANUEL, LES DEUX CHŒURS.

DON MANUEL.

Ciel! Que vois-je! Arrêtez!

LE CORYPHÉE et DEUX AUTRES CHEVALIERS DU PREMIER CHŒUR, ensemble :

Avance donc! avance!

LE CORYPHÉE et DEUX AUTRES CHEVALIERS DU SECOND CHŒUR, ensemble :

Mort à ces traîtres! Mort!

DON MANUEL, s'avançant entre eux, l'épée à la main :

Arrêtez donc! Silence!

LE CORYPHÉE DU PREMIER CHŒUR.

C'est le prince!

LE CORYPHÉE DU SECOND CHŒUR.

Le frère! En paix demeurons tous!

DON MANUEL.

J'étends mort à mes pieds le premier d'entre vous
Qui combattrait encor, ne dût-on même faire
Qu'adresser du regard menace à l'adversaire.
Êtes-vous en démence, et quel est le démon
Qui vous pousse à vouloir raviver le tison
De haines autrefois entre nous allumées,
Et qui sont à jamais dans vos princes calmées?
L'agresseur, quel fut-il? — Allons! dites-le moi!

LE CORYPHÉE et UN AUTRE CHEVALIER DU PREMIER CHŒUR, ensemble :

Nous les avons trouvés...

LE CORYPHÉE et UN AUTRE CHEVALIER DU SECOND CHŒUR, interrompant :

Ils sont venus..

DON MANUEL, au coryphée du premier chœur :

Dis, toi !

LE CORYPHÉE DU PREMIER CHŒUR.

Sur votre ordre, seigneur, que, dans cette journée,
Nous apportions ici vos présents d'hymenée,
Nous venions, — vous voyez que nous sommes parés
Comme pour une fête, et non point préparés
Au combat, — nous venions, remplis de confiance,
Puisqu'on avait juré la récente alliance,
Et de nos seuls pensers de paix préoccupés ;
En ennemis ici nous les trouvons campés,
Les armes à la main, nous refusant passage.

DON MANUEL.

Rien ne met à l'abri de votre aveugle rage,
Insensés? Votre haine aura donc pénétré
Jusque dans ce séjour silencieux, sacré,
Et dans sa douce paix vous troublez l'innocence?

(Au second chœur :)

Sortez! nous ne pourrions souffrir votre présence;
Ici sont des secrets que vous profaneriez.

(Voyant que le second chœur hésite :)

Obéissez, ainsi que vous obéiriez

A mon frère lui-même; il parle par ma bouche;
Nous ne sommes plus qu'un pour tout ce qui nous touche,
Et mon ordre est le sien. Sortez!

(Au premier chœur :)

Vous, demeurez!

Et, l'accès du jardin, vous le surveillerez.

LE CORYPHÉE DU SECOND CHŒUR.

Que nous reste-t-il à faire?
Nos princes ont fait la paix;
C'est là pour nous chose claire;
Qu'ils y vivent désormais!
Lorsque les grands se querellent,
Aller, sans qu'ils nous appellent,
Pour leur cause s'engager,
C'est courir la double chance
De peu de reconnaissance
Et de beaucoup de danger.

Las de guerres, qu'ils s'arrêtent,
Le mal qu'on en a souffert,
Vite les grands le rejettent
Sur l'homme obscur qui les sert
Et mit en eux confiance:
De leur robe d'innocence
Ils sont prompts à se vêtir.
Soit! que nos maîtres s'arrangent!
Sous eux les destins nous rangent:
Le plus sage est d'obéir.

(Les chevaliers de don César sortent; ceux de don Manuel se retirent au fond du théâtre. Béatrice s'élance du pavillon sur la scène et se jette dans les bras de don Manuel.)

SCÈNE TROISIÈME.

DON MANUEL, BÉATRICE.

BÉATRICE.

C'est toi! tu m'es rendu! Dans quelle longue attente,
Cruel, tu m'as laissée! en proie à l'épouvante,
A toutes les terreurs!... Je n'y veux plus songer.
Te voilà! sur ton sein je brave tout danger.
Viens! Ils sont loin. Plus rien n'empêche notre fuite:
Viens! viens! ne perdons pas un instant! partons vite!
(En cherchant à l'entraîner, elle le regarde plus attentivement.)
Qu'as-tu donc, et comment m'accueilles-tu? Pourquoi
Cet air si réservé, solennel, avec moi?
Te dérober à moi qui de mes bras t'enlace?
M'éloigner? On dirait que mon amour te lasse!
Manuel! mon époux! mon ami! puis-je bien
Te reconnaître encor?

DON MANUEL.

Béatrice!

BÉATRICE.

Non! rien!
Pas un mot! me parler? ah! ce n'en est pas l'heure:
Il faut fuir; à l'instant; le temps presse!

DON MANUEL.

Demeure!
Réponds-moi!

BÉATRICE.

Non ! partons ! ces farouches soldats
Vont revenir.

DON MANUEL.

Pour nous ne les redoute pas.

BÉATRICE.

Si, si ! tu ne sais point ce qu'ils sont. — Partons vite !

DON MANUEL.

Quand mon bras te protége une crainte t'agite ?

BÉATRICE.

Crois-moi, des gens puissants sont ligués contre nous.

DON MANUEL.

Aucun n'a mon pouvoir.

BÉATRICE.

Et toi seul contre tous ?

DON MANUEL.

Oui, seul. Ceux que tu crains...

BÉATRICE.

Tu ne peux les connaître ;
Non, tu ne peux pas, toi, savoir quel est leur maître.

DON MANUEL.

C'est moi qui suis leur maître ; ils m'obéissent.

BÉATRICE.

Toi !
Toi leur maître ? Ah ! je sens mon cœur glacé d'effroi !

DON MANUEL.

Il est temps qu'entre nous tout mystère finisse ;
Je dois te dire enfin qui je suis, Béatrice :
Je ne suis plus celui qui vers toi n'est venu
Qu'en pauvre chevalier, en amant inconnu,
Sans droits à ton amour que le sien. Ma naissance,
Qui je suis en effet, mon rang et ma puissance,
Je t'avais tout caché.

BÉATRICE.

Tu n'es pas...? Juste ciel!
Qui donc es-tu?

DON MANUEL.

Mon nom est bien don Manuel;
Mais nul ici ne l'a de plus haute origine :
Je suis don Manuel, le prince de Messine.

BÉATRICE.

Frère de don César?

DON MANUEL.

Oui.

BÉATRICE.

Ton frère! lui!

DON MANUEL.

Pourquoi
Cette terreur? Mon frère est-il connu de toi?
Ou quelque autre des miens?

BÉATRICE.

C'est toi que de ton frère
Séparent, et la haine, et l'implacable guerre?

DON MANUEL.

Nous avons fait la paix; nous sommes frères, lui
Et moi, non-seulement par le sang: d'aujourd'hui
C'est aussi par le cœur.

BÉATRICE.

D'aujourd'hui?

DON MANUEL.

Béatrice,
Explique-moi d'où vient qu'à ce point te saisisse
Ce que je dis? — Qu'as-tu? — Parle! — De ma maison
Peux-tu connaître plus que seulement le nom?
Ai-je tout ton secret? Est-ce qu'à ma tendresse
Tu n'as rien caché?

BÉATRICE.

Moi?... Pourquoi donc, que serait-ce?

DON MANUEL.

Ta mère? Tu ne m'as parlé d'elle jamais.
La reconnaîtrais-tu si je la dépeignais?
Si je te la montrais?

BÉATRICE.

Tu sais quelle est ma mère?
Tu le sais, et toujours tu m'en as fait mystère?

DON MANUEL.

Ah! si je la connais, malheur sur toi, sur nous!

BÉATRICE.

Son aspect est celui du soleil le plus doux.
Elle est là; je la vois. Oui, du fond de mon âme
S'élève et m'apparaît cette céleste femme!
Voilà ses cheveux noirs en anneaux se roulant;
Ombrageant les contours de son beau cou, si blanc!
Son noble front, où tant de pureté réside;
Voilà de ses grands yeux l'éclat sombre et limpide!
Les sons de cette voix, qui pénètre le cœur,
Ont en moi réveillé...

DON MANUEL.

C'est bien elle! Oh! malheur!

BÉATRICE.

Et la fuir! et, pour elle, au matin qui peut-être
Allait nous réunir, pour elle disparaître!
Je t'ai sacrifié jusqu'à ma mère, hélas!

DON MANUEL.

Dans la mienne aujourd'hui tu la retrouveras;
Viens, je veux à l'instant te conduire auprès d'elle.
Elle t'attend.

BÉATRICE.

Auprès de ta mère? de celle
De don César aussi? c'est impossible!

DON MANUEL.

Eh! quoi?
Tu frémis? d'où peut donc te venir cet effroi?
Ma mère est-elle plus pour toi qu'une étrangère?

BÉATRICE.

O découverte affreuse! O terrible lumière!
O jour fatal! pourquoi, pourquoi donc l'ai-je vu?

DON MANUEL.

Qui je suis, tu le sais: dans l'amant inconnu,
A toi s'offre le prince, et tu trembles encore?

BÉATRICE.

Rends-le moi cet amant inconnu que j'adore!
Avec lui le désert! mes vœux seront comblés.

DON CÉSAR, derrière la scène:

Arrière! Ici pourquoi tant de gens rassemblés?

BÉATRICE.

Dieu! cette voix! où fuir?

DON MANUEL.

Cette voix t'est connue?
Non, n'est-ce pas? jamais tu ne l'as entendue?

BÉATRICE.

Viens! fuyons! nul retard!

DON MANUEL.

Et pourquoi nous cacher?

C'est la voix de mon frère; il vient pour me chercher.
Mais comment a-t-il pu découvrir...?

BÉATRICE.

Oh! de grâce,
Ne te rencontre pas avec lui face à face!
Par tous les Saints du ciel, fuis son emportement;
Qu'il ne te trouve pas ici dans ce moment!

DON MANUEL.

A quel point je te vois par la peur égarée,
Chère âme! n'es-tu donc pas encor rassurée?
Nous avons fait la paix; je te l'ai dit.

BÉATRICE.

O ciel,
Sauve-moi! sauve-moi de ce moment cruel!

DON MANUEL.

Toi?... Quel pressentiment! Ah! de quelle pensée
Je me suis tout à coup senti l'âme glacée!
Se peut-il?... Béatrice! est-ce que, cette voix,
Tu ne l'entendrais pas pour la première fois?
Étais-tu...? — Je frémis de percer ce mystère....
Étais-tu... dans l'église... au convoi de mon père?

BÉATRICE.

Malheur à moi!

DON MANUEL.

Réponds!

BÉATRICE.

Calme cette fureur!

DON MANUEL.

C'est donc vrai, malheureuse?

BÉATRICE.

Oui, j'en conviens.

DON MANUEL.

Horreur!

BÉATRICE.

La curiosité fut pour moi trop puissante.
Pardonne, Manuel. De mon envie ardente
Je t'avais fait l'aveu; mais, quand tu le reçus
D'un air si froid, si sombre, à mon tour je me tus.
Je ne sais pas quel astre à funeste influence
Me poussait; j'en sentais l'invincible puissance:
A mon brûlant désir il me fallut céder;
Dans mon vieux serviteur j'avais de qui m'aider:
Je t'ai désobéi.

(Elle se penche sur lui. Don César entre, accompagné des deux chœurs.)

SCÈNE QUATRIÈME.

DON MANUEL, DON CÉSAR, BÉATRICE, LES DEUX CHŒURS.

LE CORYPHÉE DU SECOND CHŒUR, à don César:

Vous ne voulez pas croire;
Voyez!

DON CÉSAR entre impétueusement et, à l'aspect de son frère, recule avec horreur:

Enfer! il est dans ses bras!

(Allant à don Manuel :)

Ame noire!
Serpent! Ton cœur est là? D'une traîtresse paix
Voilà donc, aujourd'hui, pourquoi tu me trompais?
Ma haine était la voix du ciel dans sa justice!
Vas en enfer, perfide!

(Il le tue.)

DON MANUEL.

Ah! je meurs!... Béatrice!
Frère!

(Il tombe et meurt. Béatrice tombe à côté de lui, évanouie.

LE CORYPHÉE DU PREMIER CHŒUR.

Au meurtre! venez! devant cet attentat,
Aux armes! que le sang venge le sang!

(Ils tirent tous l'épée.)

LE CORYPHÉE DU SECOND CHŒUR.

Vivat!
Voilà la longue lutte à la fin terminée!
Voilà sous un seul chef Messine ramenée!

LE CORYPHÉE et DEUX AUTRES CHEVALIERS DU PREMIER CHŒUR.

Vengeons, vengeons ce crime, et que, pour l'expier,
Sous nos coups à son tour tombe le meurtrier!

LE CORYPHÉE et DEUX AUTRES CHEVALIERS DU SECOND CHŒUR.

Seigneur, ne craignez rien, nous vous restons!

DON CÉSAR, s'avançant au milieu d'eux, avec autorité :

Arrière!
J'ai tué l'ennemi qui de mon cœur sincère,

Confiant, se jouait; sous son affection
Un piége se cachait. Dites mon action
Horrible, mais c'est bien la justice divine
Qui conduisit ma main.

LE CORYPHÉE DU PREMIER CHŒUR.

Malheur sur toi, Messine!
Malheur! malheur! malheur! car le ciel a permis
Que l'horrible forfait dans tes murs fût commis!
Sur les mères, malheur! et malheur sur l'enfance!
Et sur les hommes faits! et sur l'adolescence!
Malheur sur les vieillards! et malheur, à son tour,
Sur l'enfant qui n'a pas encore vu le jour!

DON CÉSAR.

La plainte vient trop tard.
(Montrant Béatrice :)
Employez-vous pour elle.
Regardez! à la vie il faut qu'on la rappelle :
Sortez-la de ce lieu de terreur et de mort.
Moi, je vais de ma sœur savoir quel est le sort.
— Menez-la chez ma mère; ayez soin de l'instruire
Qu'auprès d'elle son fils César la fait conduire.

(Il sort. Le chœur des chevaliers de don César place sur un brancard Béatrice évanouie, et l'emporte. L'autre chœur reste auprès du cadavre de don Manuel, autour duquel se rangent en demi-cercle les jeunes garçons qui portent les présents de noce.)

SCÈNE CINQUIÈME.

LE CHŒUR DES CHEVALIERS DE DON MANUEL.

LE CORYPHÉE.

Je ne puis pas encor concevoir clairement
Qu'il ait été si prompt ce fatal dénoûment!
Sans doute, à mon esprit plus d'un sombre présage
Disait qu'il ne tarderait pas,
Et j'en voyais s'avancer à grands pas
L'horrible, la sanglante image.
Et maintenant qu'il est une réalité,
Que s'est accomplie à ma vue
Cette fin que j'avais dans ma crainte entrevue,
Dans les pressentiments dont j'étais tourmenté,
Mon sang se glace,
Et je frissonne à voir en face
L'épouvantable vérité.

UN AUTRE CHEVALIER.

Faisons retentir notre plainte:
O noble jeune homme! O douleur!
Il est gisant, la vie éteinte;
On l'a moissonné dans sa fleur!
La mort, d'ombres environnée,
Vient lui jeter son voile noir,
Quand de la chambre d'hyménée
Le seuil allait le recevoir!
Sur cette dépouille muette,
Que notre plainte hautement

Se fasse entendre et se répète,
Immense et long gémissement.

LE CORYPHÉE.

On nous a dit : « La fiancée est prête,
A son époux amenez-la. »
Et nous, parés de nos habits de fête,
Pour la recevoir nous voilà.
Ils sont porteurs des dons de mariage
Ces pages venus avec nous :
On nous a dit : « Offrez-lui cet hommage
De son impatient époux... »
Et tout est prêt, et les témoins d'attendre.
Mais le fiancé reste sourd;
Nuls bruits joyeux qu'il puisse encore entendre,
Car le sommeil des morts est lourd.

LE CHŒUR.

De la fête l'heure est passée,
Lourd et profond est le sommeil des morts :
Ni la voix de sa fiancée,
Ni les accents joyeux des cors
Ne le réveilleront de ce sommeil terrible ;
Il est gisant, raide, insensible!

LE CORYPHÉE.

Que sont les projets, l'espoir,
Qu'ici-bas, l'homme éphémère
Croit solidement asseoir?
Quoi! ce matin même voir

Le frère embrasser son frère,
Les voir, terminant leur guerre,
Dans la même affection
S'unir de cœur et de bouche,
Et le soleil qui se couche
Éclairer cette union!
Et maintenant, — ô misère!
Te voilà dans la poussière,
Une horrible plaie au sein,
Tombé sous un assassin:
Et l'assassin est ton frère!
Que sont les projets, l'espoir,
Que sur la trompeuse terre
Le fils de l'heure éphémère,
L'homme, ne craint pas d'asseoir?

UN TROISIÈME CHEVALIER.

Je veux te porter à ta mère....
Oh! dans quelle douleur amère
Devant ce fardeau je la vois!...
A ce cyprès mettons la hache;
Qu'il soit abattu, qu'on l'arrache,
Faisons un brancard de son bois.
Ce sont des fruits de mort qu'il porte:
Que de son tronc plus rien ne sorte
De ce qui verdoie et grandit!
Qu'il ne dresse plus son feuillage!
Que le repos sous son ombrage
A tout passant soit interdit!
Au sol du meurtre il dut sa sève;

Pour servir aux morts qu'on l'enlève :
Que cet arbre reste maudit !

LE CORYPHÉE.

Malheur, dans sa folle colère,
A qui jusque au meurtre est allé !...
— Ton sang filtre à travers la terre ;
Jusqu'en son sein il a coulé.
Dans ces profondeurs ténébreuses,
Ni chant, ni voix ne sont permis ;
C'est là-bas que, silencieuses,
Et jamais, jamais oublieuses,
Siégent les filles de Thémis.
Les tromper à nul n'est possible,
Et leur justice est infaillible.
Jusqu'à leur tribunal terrible,
Ce sang goutte à goutte transmis,
Elles vont, dans leurs urnes noires,
Jusqu'aux heures expiatoires,
Fidèlement le recueillir,
Et l'agiteront en silence,
Préparant ainsi la vengeance
Qui, tôt ou tard, ne peut faillir.

LE TROISIÈME CHEVALIER.

Si, sur cette terre
Que de ses rayons
Le soleil éclaire,
De nos actions
Bien vite la trace
S'affaiblit, s'efface,

Comme nous voyons
Que sur le visage
Nos impressions
N'ont qu'un prompt passage,
Rien ne disparaît
De ce qu'en silence
Et dans leur puissance,
Dont tout est secret,
Les heures observent,
Recueillent, réservent
Dans leur sein fécond,
Et dont elles font,
En leur nuit profonde,
Les destins du monde.
Le temps est un champ
Où tout tombe et germe
Pour éclore à terme.
Avec lui, marchant
Dans la route sûre
Qu'il va poursuivant,
Toute la nature
Est un corps vivant,
Un ensemble immense,
Où tout reproduit,
Où tout est semence,
Comme tout est fruit.

LE CORYPHÉE.

Mais malheur au téméraire
Qui pour le meurtre a semé!

Autre est l'acte encore à faire,
Autre l'acte consommé :
Avant, il ne l'envisage
Que comme œuvre de courage,
Même de témérité,
Quand la vengeance l'anime
Et qu'à commettre le crime
Il est par elle emporté ;
Après, qu'à ses yeux s'étale
L'horrible réalité,
Le meurtrier tremble et, pâle,
La contemple épouvanté.

Elles-mêmes les Euménides,
Agitent leurs serpents livides
Contre le fils d'Agamemnon :
Il faut exciter sa colère,
Il faut qu'il immole sa mère !
Elles égarent sa raison
Et son cœur, par leur artifice.
Un si monstrueux sacrifice,
Comme acte de sainte justice,
Et jusqu'à ce qu'il s'accomplisse,
Au malheureux est présenté.
Mais quand, après avoir lutté,
Il plonge ses mains parricides
Dans le flanc qui l'avait porté,
Qui, joyeux, l'avait enfanté,
Alors ces mêmes Euménides
Contre lui tournent leurs fureurs ;

Et les épouvantables sœurs
Se révèlent à leur victime
Comme vengeresses du crime.
Cruellement au meurtrier
Elles vont le faire expier :
Il sera tourmenté par elles,
Sans espoir d'être délivré ;
Pour des morsures éternelles
A leurs serpents il est livré.
Elles le chassent avec rage
De mer en mer, de plage en plage.
Sans repos, toujours torturé,
Jusqu'au sein de ce sanctuaire,
Où le voilà, dans sa misère
Invoquant contre leur colère
De Delphes l'oracle sacré.

(Le chœur sort, emportant sur un brancard le corps de don Manuel.)

FIN DU TROISIÈME ACTE.

ACTE QUATRIÈME.

ACTE QUATRIÈME.

LA GRANDE SALLE.

SCÈNE PREMIÈRE.

Il fait nuit. La scène est éclairée d'en haut par une grande lampe.

ISABELLE, DIÉGO.

ISABELLE.

Rien encor de mes fils? et toujours l'on ignore
S'ils ont pu découvrir ma fille?

DIÉGO.

Pas encore;
Mais ayez tout espoir en leur empressement;
Ils vont mettre leurs soins....

ISABELLE.

Ah! Diégo, quel tourment!
J'aurais pu prévenir ce grand malheur!

DIÉGO.

Madame,
Épargnez la douleur d'un reproche à votre âme;
Vous n'aviez négligé nulle précaution.

ISABELLE.

Que n'ai-je fait plus tôt ma révélation!
Mon cœur me disait bien de rompre le silence.

DIÉGO.

Non, cacher votre fille était de la prudence ;
Pour le reste, à Dieu seul d'agir comme il lui plaît.

ISABELLE.

Hélas ! il est donc vrai, nul bonheur n'est complet !
Et le mien l'eût été sans l'aventure affreuse...

DIÉGO.

Il n'est que retardé, non pas détruit. — Heureuse
De voir qu'enfin vos fils ont fait la paix...

ISABELLE.

Oh ! oui :
Bonheur dont jusqu'alors je n'avais pas joui !
Ils étaient dans les bras l'un de l'autre !

DIÉGO.

Sincère
Est leur affection ; ils sont d'un caractère
Trop franc pour se contraindre au mensonge.

ISABELLE.

Et je vois
Que des doux sentiments ils connaissent la voix,
Que leur cœur s'est donné ! Je suis heureuse encore
De voir que, chacun d'eux, ce qu'il aime, il l'honore.
A leur indépendance ils veulent renoncer ;
Leur fougue sous la loi consent à se placer,
Et leur passion même est digne qu'on la loue,
Elle est pure ! — Diégo, maintenant, je t'avoue
Qu'avec anxiété j'entrevoyais le jour

Où devait dans leur cœur naître un premier amour.
Chez l'homme au sang bouillant, au fougueux caractère,
Facilement l'amour en fureur dégénère.
Et puis, si dans ces cœurs, où s'étaient amassés
Tous les ressentiments de leurs discords passés,
Si du terrible feu qu'elle porte avec elle,
La jalousie eût fait tomber une étincelle,
— J'y songe en frémissant, — si, toujours séparés,
Même dans leurs penchants, ils s'étaient rencontrés
Juste en un même amour! — Grâce à Dieu, ce nuage
Si sombre, et d'où semblait devoir sortir l'orage,
Un ange l'a de moi doucement écarté,
Et mon cœur maintenant respire en liberté.

DIÉGO.

Oui, félicitez-vous de votre œuvre, princesse;
Votre grande douceur, votre habile sagesse
Ont fait ce que leur père, avec autorité,
Dans toute sa puissance, a vainement tenté.
Sans doute, c'est à vous qu'en revient le mérite;
Mais votre heureuse étoile a dans la réussite
Une bien grande part.

ISABELLE.

Diégo, j'ai réussi
Grâce à beaucoup d'efforts, grâce au destin aussi
Va, ce n'était pas peu que sur ce grand mystère,
Durant des ans entiers, il ait fallu me taire:
De vivre dans l'effroi, toujours m'étudiant
A tromper un époux, ombrageux, clairvoyant;

D'avoir à refouler jusqu'au fond de mon âme
L'impulsion du sang, qui, semblable à la flamme
Trop longtemps comprimée, en violents efforts
Essayait de pouvoir éclater au dehors.

DIÉGO.

Cette faveur du sort, si longue, m'est le gage
D'un dénoûment heureux.

ISABELLE.

Et pourtant, je crois sage
De ne pas rendre au sort grâces dans ce moment.
Je veux d'abord le voir cet heureux dénoûment;
Ce rapt m'est un avis : de mon mauvais génie
La persécution ne semble pas finie.
Aussi, — que selon toi ce soit mal, ce soit bien,
A ta fidélité je ne cacherai rien, —
Je n'ai pas pu, Diégo, dans ma crainte si vive,
Me contraindre à rester ici tranquille, oisive :
Pendant que de leur sœur mes fils vont rechercher
La trace, au but aussi moi j'ai voulu marcher.
Souvent, où l'art humain ne saurait plus suffire,
En aide vient le ciel.

DIÉGO.

Que voulez-vous me dire?

ISABELLE.

Il est un vieil ermite aux sommets de l'Etna.
« Le vieux de la montagne » est le nom qu'on donna,
Dès les temps reculés, au pieux solitaire.
Il est comme étranger aux choses de la terre.

Plus rapproché du ciel que de ces régions
Où vit l'homme au milieu des agitations,
L'air léger et serein où flottent ses pensées
De tout mélange humain les a débarrassées,
Et, comme du sommet des ans amoncelés,
Il observe, pour lui clairement dévoilés,
Ces mystères du jeu de la vie et du monde
Que, sans les pénétrer, notre humanité sonde.
Au sort de ma Maison il est initié;
Pour elle il a souvent interrogé, prié
Le ciel, et, maintes fois, il a de notre tête
Détourné des malheurs. — Le saint anachorète
De ma fille bientôt va m'apprendre le sort :
Vers lui j'ai fait partir un homme jeune et fort,
Qui de sa mission rapidement s'acquitte ;
Je l'attends.

DIÉGO.

Le voici, je présume. — Il mérite
Que nous louions en lui tant de célérité.

SCÈNE DEUXIÈME.

ISABELLE, DIÉGO, LE MESSAGER.

ISABELLE.

Ou bonheur, ou malheur, toute la vérité!
Que t'a-t-il répondu le vieux de la montagne?

LE MESSAGER.

« Sa fille est retrouvée, a-t-il dit ; va ! regagne
Messine en toute hâte ! »

ISABELLE.

O bienheureuse voix!
O parole du ciel! c'est toi qui chaque fois
M'a dit que dans mes vœux je serais entendue.
— Cette enfant, cette sœur que nous avions perdue,
Auquel de mes deux fils a-t-il été donné
D'arriver sur sa trace?

LE MESSAGER.

A votre fils aîné :
Dans sa retraite il l'a découverte.

ISABELLE.

Ta mère,
Mon Manuel, te doit cette fille si chère!
A toi, mon cher enfant de bénédiction!
— As-tu bien jusqu'au bout rempli ta mission?
Ce cierge, dont je t'ai chargé pour qu'il le brûle
A la gloire du saint, patron de sa cellule,
L'a-t-il de toi reçu? — Ce qui réjouirait
Le cœur de tout autre homme, il le dédaignerait
Le pieux serviteur de Dieu.

LE MESSAGER.

Sans rien me dire,
Il le prend de mes mains, vers l'autel se retire,
A la lampe l'allume, et puis, ce même lieu
Où quatre-vingt-dix ans il avait servi Dieu,
De ses mains l'incendie.

ISABELLE.

Ah! que viens-tu m'apprendre?
Quelle horreur!

LE MESSAGER.

Puis il sort, et je le vois descendre
La montagne en criant malheur! malheur! trois fois.
Un signe qu'il me fait m'avertit que je dois
Me garder de le suivre ou de tourner la tête.
Alors, dans la terreur où tout cela me jette,
Je me sauve et j'accours vous faire ce récit.

ISABELLE.

Par ce message étrange, et qui se contredit,
Je me sens rejetée à mon inquiétude,
A l'angoisse, aux terreurs de mon incertitude:
Ma fille retrouvée, et par don Manuel,
Par l'aîné de mes fils? Ah! cet avis du ciel,
Puis-je m'en réjouir quand il se manifeste
Accompagné d'un signe évidemment funeste?

DIÉGO.

Retournez-vous; portez les yeux de ce côté:
Ce qu'annonçait l'ermite était la vérité:
Je ne me trompe pas, voyez, ma souveraine:
Votre fille, un moment perdue, on la ramène:
Voici les compagnons, voici les envoyés
De vos fils.

(Les chevaliers de don César s'avancent, amenant sur une chaise à porteurs Béatrice, qu'ils déposent sur le devant du théâtre. Elle est encore sans connaissance et immobile.)

SCÈNE TROISIÈME.

ISABELLE, DIÉGO, BÉATRICE, LE MESSAGER, LE CHŒUR DES CHEVALIERS DE DON CÉSAR.

LE CORYPHÉE.

Nous venons déposer à vos pieds
La jeune fille, ainsi que le veut notre maître.
Nous avons mission de ne vous la remettre
Qu'avec ses propres mots : « Dites que de la part
De son fils vous venez, de son fils don César. »

ISABELLE, qui s'est précipitée, les bras ouverts, du côté de Béatrice, recule effrayée :

Pâle! sans vie! ô ciel!

LE CORYPHÉE.

Non, elle n'est pas morte;
C'est du sommeil, madame; attendez qu'elle en sorte.
D'une telle stupeur elle a l'esprit frappé,
Que l'effet n'en peut être à l'instant dissipé.

ISABELLE.

Mon enfant! mon souci! ma douleur! Béatrice!
Faut-il donc que le sort ainsi nous réunisse!
Qu'au palais de ton père il ne te rende, toi,
Qu'à ces conditions! Ah, laisse, laisse-moi
La rallumer ta vie au flambeau de la mienne,
Te presser sur mon cœur jusqu'à ce que revienne
La chaleur de ton sang, dans tes veines glacé
Par le froid de la mort!

(Au chœur :)

Que s'est-il donc passé?
Quelle est de ce malheur la cause épouvantable?
Où l'avez-vous trouvée? et l'état lamentable
De cette chère enfant, qui me l'expliquera?

LE CORYPHÉE.

Madame, là-dessus ma bouche se taira.
Votre fils, don César, bientôt doit vous instruire,
Lui qui vers vous nous a prescrit de la conduire.

ISABELLE.

C'est mon fils Manuel qui l'avait ordonné.

LE CORYPHÉE.

Par votre fils César l'ordre nous fut donné.

ISABELLE, au messager :

C'est bien don Manuel qu'a dit le solitaire?

LE MESSAGER

Oui, madame, c'est lui.

ISABELLE.

Manuel ou son frère,
Il n'importe : de joie il a rempli mon cœur;
Je le bénis, c'est lui qui m'a rendu sa sœur!
Cette heure de bonheur que j'ai tant appelée,
Par un démon jaloux faut-il la voir troublée!
Faut-il qu'après avoir souffert si longuement
Je fasse violence à mon ravissement!
Je vois ma fille, elle est au palais de son père,

Mais rien, rien ne lui dit qu'auprès d'elle est sa mère ;
Elle ne peut répondre à ma joie. — Ouvrez-vous,
Chers yeux dont le regard était pour moi si doux!
O mains, qu'une chaleur nouvelle vous colore!
O sein inanimé, respire et bats encore!...
C'est ma fille, Diégo; c'est l'enfant élevé
Dans un secret profond; l'enfant que j'ai sauvé,
Et qu'au grand jour je puis maintenant reconnaître!

LE CORYPHÉE, au chœur :

J'ai le pressentiment qu'ici bientôt va naître
Une cause d'étrange et de nouvelle horreur.
Comment allons-nous voir se dissiper l'erreur?

ISABELLE, au chœur, dont l'attitude exprime la consternation et l'embarras :

Ah! vous êtes des cœurs bien durs, impénétrables.
Telles que ces rochers, aux flancs inabordables,
Des rivages des mers, vos armures d'airain
Sont là pour repousser, refouler dans mon sein
Toute ma joie. En vain dans vos yeux impassibles
J'épie un seul regard qui vous dise sensibles.
— Mes fils? ils tardent bien : j'aurais dans leur regard
Où voir qu'à mon bonheur quelqu'un du moins prend part :
Mais au milieu de vous, cœurs de glace, livrée
A mon isolement, je suis comme entourée
Des bêtes sans pitié qui peuplent les déserts,
Des monstres de la mer.

DIÉGO.

Ses yeux se sont rouverts!
Elle s'est ranimée!

ISABELLE.

Elle vit! O ma fille,
Ce regard, le premier, que sur ta mère il brille!
Laisse...!

DIÉGO.

Elle a refermé les yeux avec terreur.

ISABELLE, au chœur :

Éloignez-vous! l'aspect d'étrangers lui fait peur.

(Le chœur se retire en arrière.)

LE CORYPHÉE.

A n'en être pas vu je renonce sans peine.

DIÉGO.

Quels grands yeux étonnés sur vous elle promène!

BÉATRICE.

Où suis-je? — J'ai déjà vu ces traits.

ISABELLE.

Lentement
Elle reprend ses sens.

DIÉGO.

Que fait-elle? Comment!
A genoux?

BÉATRICE.

De ma mère ô figure adorable!

ISABELLE.

Viens sur mon cœur!

BÉATRICE.

Tu vois à tes pieds la coupable.

ISABELLE.

Tu m'es rendue! Il faut tout oublier!

DIÉGO.

Et moi,
Me reconnaissez-vous? Regardez!

BÉATRICE.

Oui, c'est toi,
Mon fidèle Diégo!

ISABELLE.

Le gardien, chère fille,
De ton enfance.

BÉATRICE.

Ainsi je suis dans ma famille?

ISABELLE.

La mort seule nous peut séparer désormais.

BÉATRICE.

Et chez des étrangers je n'irai plus?

ISABELLE.

Jamais!
Rien, rien ne pourra plus nous séparer, te dis-je;
La rigueur du destin est apaisée.

BÉATRICE, se jetant dans ses bras:

Ah! suis-je
En effet sur ton cœur? ce qui m'est arrivé
De terrible, d'affreux, l'aurais-je donc rêvé?
Je l'ai vu tomber mort à mes pieds, ô ma mère!
Mais comment suis-je ici? pour moi c'est un mystère.

— Quel bonheur! quel bonheur! me sentir dans tes bras,
Libre! et n'avoir plus rien à craindre, n'est-ce pas?
Ils voulaient me conduire à la princesse-mère!
Plutôt la mort!

ISABELLE.

Reviens à toi, fille si chère!
La princesse...

BÉATRICE.

Pour Dieu, plus un mot d'elle, non!
Je sens en moi courir, à ce funeste nom,
Comme un frisson de mort!

ISABELLE.

Mais, cette princesse...

BÉATRICE.

Elle
A deux fils, que divise une haine mortelle:
Manuel et César.

ISABELLE.

La princesse, c'est moi:
Connais enfin ta mère.

BÉATRICE.

Ah! qu'ai-je entendu! Toi!...
La princesse? Ce mot...

ISABELLE.

Connais ton origine:
Moi, ta mère, je suis princesse de Messine.

BÉATRICE.

Mère de don César et de don Manuel?

ISABELLE.

Et la tienne. Tu m'as nommé tes frères.

BÉATRICE.

Ciel !

Malheur à moi ! malheur ! lumière épouvantable !

ISABELLE.

Chère enfant, d'où te vient ce trouble inconcevable ?

BÉATRICE regarde autour d'elle et aperçoit le chœur :

Oui, je les reconnais ! ce sont eux ! les voilà !
Ce n'était pas l'erreur d'un songe. Ils étaient là !
Toute la vérité, terrible, se révèle !
— Où l'avez-vous caché ?

(Elle marche rapidement vers le chœur, qui se détourne. On entend dans l'éloignement une marche funèbre.)

LE CHŒUR.

Malheur !

ISABELLE.

Qui ? quelle est-elle
Cette réalité ? — Muets et consternés,
Ce qu'elle vient de dire, ah ! vous le comprenez !
Je devine à vos voix, dans vos yeux je puis lire
Quelque chose d'affreux qu'on ne veut pas me dire.
Je l'exige, parlez ! Ces regards, pleins d'effroi
Vers la porte tournés ; ces sons plaintifs, pourquoi ?

LE CORYPHÉE.

Du dénoûment l'heure est prochaine ;
Le mystère, dans son horreur,
Se révèle. — O ma souveraine,

Il faut raffermir votre cœur!
Pour vous, dans cette heure fatale,
Immense sera le malheur;
Montrez une fermeté mâle
Dans cette mortelle douleur.

ISABELLE.

Quel est ce dénoûment si prochain? qu'ai-je à craindre?
Quel est l'affreux mystère, et quel coup va m'atteindre?...
— Ils pénètrent déjà jusque sous ces lambris
Ces terribles accents de mort! — Où sont mes fils?

(Le premier chœur entre, portant sur un brancard, et recouvert d'un drap noir, le corps de don Manuel, qu'il dépose sur le côté de la scène resté vide.)

SCÈNE QUATRIÈME.

ISABELLE, BÉATRICE, DIÉGO, LES DEUX CHŒURS.

LE CORYPHÉE DU PREMIER CHŒUR.

A travers les cités
Le malheur se promène;
On voit à ses côtés
Et la plainte et la peine;
Il épie en chemin
Les demeures qu'habite
L'homme; aujourd'hui visite
L'une; l'autre demain.
Personne qu'il ménage
Dans ce fatal voyage
Qu'il s'en va poursuivant.
Il s'arrête à son heure

Devant toute demeure
Où s'abrite un vivant.

UN SECOND CHEVALIER DU PREMIER CHŒUR

L'été finissant,
Quand la feuille tombe,
Ou quand dans sa tombe
Le vieillard descend,
C'est que la nature
Suit tranquillement
Sa règle, qui dure
Du commencement,
Son antique allure,
L'éternelle loi;
Et, là, rien à l'homme
Ne vient s'offrir comme
Un sujet d'effroi.

Mais, sur la terre, — il faut l'apprendre, —
Au monstrueux aussi nous devons nous attendre :
On voit du meurtrier les violentes mains
Briser jusqu'aux nœuds les plus saints,
Et souvent la mort soudaine
Avant l'heure vient faucher
La jeunesse en fleur et l'entraîne
Jusqu'à l'infernal nocher.

LE CORYPHÉE DU PREMIER CHŒUR.

Dans l'espace quand s'amoncellent
Les nuages tempétueux,
Que le tonnerre gronde aux cieux,

Et que les éclairs étincellent,
Alors tous les cœurs se rappellent
Quel maître est le destin pour eux.
Même hors des heures d'orage
En son pouvoir nous sommes tous,
Et d'un ciel pur de tout nuage
La foudre peut tomber sur nous.
Aussi, même en nos jours de joie,
Craignons l'approche du malheur,
Qui ruse, et vient sans qu'on le voie :
Et n'attachons pas notre cœur
Aux biens que nous offre la terre,
Trésors d'une vie éphémère.
Qui les a reçus, doit savoir
Les perdre comme les avoir.
Qui ne connut qu'heureuse chance
Doit apprendre aussi la souffrance.

ISABELLE.

Ces discours!... Ce drap noir...? que peut-il recouvrir?
(Elle fait un pas vers le brancard et s'arrête incertaine, hésitante.)
J'ai de m'en assurer un horrible désir;
Mais, pleine de terreur, je me sens repoussée
Comme par une main et sinistre et glacée.
(A Béatrice, qui se place entre sa mère et le brancard :)
Laisse-moi! laisse-moi! j'y veux porter les yeux,
Quoi qu'il puisse cacher.
(Elle lève le drap et découvre le cadavre de don Manuel.)
C'est mon fils! Justes cieux!
(Elle demeure glacée d'effroi. Béatrice tombe près du corps en poussant un cri de douleur.)

LE CORYPHÉE et DEUX AUTRES CHEVALIERS DU PREMIER CHŒUR.

C'est ton fils! — Malheureuse mère,
Ce cri de ta douleur amère,
C'est toi-même qui l'a lancé.
Par ma bouche il n'a point passé.

ISABELLE.

Mon fils! mon Manuel! ô justice éternelle!
Voilà comme on te rend à l'amour maternelle!
Il a fallu tes jours pour rançon de ta sœur,
Pour l'arracher aux mains du brigand ravisseur!
Où donc était ton frère? Ah! son bras, j'en suis sûre,
T'eût protégé! — La main qui de cette blessure
T'a percé, qu'elle soit maudite! Je maudis
La mère de celui qui m'a tué mon fils!
Qu'à tous ses descendants les destins soient funestes!

TOUT LE CHŒUR.

Malheur! malheur! malheur!

ISABELLE.

Ô puissances célestes!
Envers moi c'est ainsi que vous vous acquittez!
Vos oracles ne sont donc plus des vérités?
Malheur à qui dans vous place sa confiance!
Pourquoi donc mes terreurs, pourquoi mon espérance,
Si telle en est l'issue! — O vous qui m'entourez,
Témoins de ma douleur, devant elle atterrés,
Apprenez, apprenez de moi par quels mensonges
Nous trompent les devins, nous abusent les songes!
Croyez donc que des dieux le langage est certain!

Alors que je portais cette fille en mon sein,
En rêve mon époux voit les tiges jumelles
De deux lauriers surgir de notre couche; entre elles
Un lis blanc, qui se change en flamme, aux arbrisseaux
S'attache, les enroule et, le long des rameaux
Montant, plus furieuse, incessamment grandie,
Fait de tout le palais un immense incendie.
Le prince, épouvanté par cette vision,
D'un devin en voulut l'interprétation,
Et les mots que voici sortirent de sa bouche :
« Si la princesse donne une fille à ta couche,
« La mort de vos deux fils l'enfant la causera
« Et toute votre race avec eux périra. »

LES DEUX CORYPHÉES.

Que dites-vous? Malheur!

ISABELLE.

Elle fut par son père
Condamnée à mourir; mais je sus la soustraire
A cet affreux arrêt. — Pauvre enfant! l'arracher
A mon cœur maternel! Pourquoi? pour empêcher
Qu'elle donnât un jour la mort à ses deux frères?
Eh bien! l'un est tombé sous les mains meurtrières
D'un bandit! Elle est bien innocente, sa sœur,
De ce crime.

TOUT LE CHŒUR.

Malheur! malheur! malheur! malheur!

ISABELLE.

Je ne pouvais avoir confiance aux paroles

D'un homme qui mettait la sienne en des idoles;
Pour moi, l'oracle était un oracle menteur;
L'espoir d'un meilleur sort affermissait mon cœur;
J'avais d'une autre bouche, et pour moi véridique,
Entendu sur ma fille un avis prophétique :
« En un ardent amour les cœurs de mes deux fils
« Devaient par cette sœur être un jour réunis. »
Ainsi, chez les devins, divergence complète :
Ils plaçaient à la fois sur une même tête
Et malédiction, et bénédiction.
A-t-elle mérité la malédiction
La malheureuse enfant? Et pour l'autre œuvre, celle
Qui la ferait bénir, cette paix que par elle
Un jour entre mes fils on verrait s'établir,
A-t-elle eu seulement le temps de l'accomplir?
L'oracle, des deux parts, avait fait un mensonge;
Ce n'est qu'en un néant que l'art des devins plonge:
Ils sont trompeurs ou bien trompés. Sur l'avenir,
Jamais rien de certain ne se peut obtenir,
Qu'aux fleuves infernaux on puise sous la terre,
Ou que, là-haut, on puise aux sources de lumière.

LE CORYPHÉE DU PREMIER CHŒUR.

Malheur! malheur! quel discours! Contenez
L'emportement auquel vous vous abandonnez!
Les devins sûrement prédisent :
De voir dans l'avenir ils possèdent le don.
Leurs oracles se réalisent :
L'événement leur donnera raison.

ISABELLE.

Je ne me tairai pas; je prétends, à voix claire,
Parler comme mon cœur m'ordonne de le faire.
A quoi nous sert d'aller visiter les lieux saints?
A quoi que vers le ciel nous élevions les mains?
Fous naïfs! notre foi n'est-elle pas un leurre?
Vouloir toucher les dieux dans leur haute demeure
Est impossible autant qu'impossible serait
D'atteindre au firmament en y lançant un trait.
Pour l'homme, l'avenir est muré, sans lumière:
Ce ciel d'airain n'est point percé par la prière.
Dans le vol des oiseaux telle direction,
Ou les astres formant telle conjonction,
Qu'importe tout cela! Lire dans la nature
C'est n'y rien découvrir, c'est illusion pure.
L'art des songes lui-même est un songe, une erreur;
Tout signe auquel on croit n'est qu'un signe trompeur.

LE CORYPHÉE DU SECOND CHŒUR.

Silence, mère infortunée!
O malheur! vous voulez à la clarté des cieux
En aveugle fermer les yeux?
Ah! reconnaissez-les ces redoutables dieux!
Vous en êtes environnée.

TOUT LE CHŒUR.

Reconnaissez ces redoutables dieux!
Vous en êtes environnée.

BÉATRICE.

Pourquoi m'avoir sauvée, ô ma mère? pourquoi
N'avez-vous pas laissé s'appesantir sur moi
La malédiction dont j'étais poursuivie
Avant même l'instant où j'ai reçu la vie?
Ah! dans votre faiblesse et votre aveuglement,
Avez-vous pu penser agir plus sagement
Que ceux dont l'œil voit tout; qui voient comment s'enchaîne
L'époque reculée à l'époque prochaine,
Qui voient de l'avenir la semence germer?
Quand les dieux de la mort entendaient réclamer
Leur proie, ils vous ont vue à leur ordre rebelle :
A la leur dérober vous fûtes criminelle;
Vous vous êtes perdue, et moi-même, et nous tous :
Double, triple, à présent ils la voudront de nous.
Je ne saurais bénir la main qui m'a sauvée :
Aux larmes, aux douleurs vous m'avez réservée!

LE CORYPHÉE DU PREMIER CHŒUR, regardant vers la porte avec une vive émotion :

Rouvrez-vous, blessures!
Qu'en flots noirs le sang
Sorte jaillissant
Par vos ouvertures!

UN SECOND CHEVALIER DU PREMIER CHŒUR.

J'entends le bruit de pieds d'airain.
J'entends siffler dans le lointain
De l'Enfer les serpents livides.

Voici, leur fouet vengeur en main,
Que s'approchent les Euménides.

LE CORYPHÉE DU PREMIER CHŒUR.

Que sous le redoutable poids
Ces murs, ce seuil s'anéantissent!
Du fond de l'abîme, à la fois,
Que les noires vapeurs surgissent!
Fumantes, qu'elles obscurcissent
La douce lumière du jour!
Dieux protecteurs de ce séjour,
Il n'est plus en votre puissance :
A l'Enfer de s'en emparer!
Fuyez! fuyez! laissez entrer
Les déesses de la vengeance!

SCÈNE CINQUIÈME.

DON CÉSAR, ISABELLE, BÉATRICE, LES DEUX CHŒURS.

A l'arrivée de don César, les deux chœurs se séparent précipitamment. Il demeure seul au milieu du théâtre.

BÉATRICE.

Malheur à moi, c'est lui!

ISABELLE, allant au devant de son fils :

Mon fils, ô mon César,
Devais-je te revoir ainsi!... Là... ce brancard...
Regarde ce qu'a fait une main criminelle!
La malédiction du ciel était sur elle!

Elle le conduit auprès du corps de don Manuel; don César recule avec horreur et se cache le visage.

LE PREMIER CHŒUR.

Rouvrez-vous, blessures!
Qu'en flots noirs le sang
Sorte jaillissant
Par vos ouvertures!

ISABELLE.

Tu frémis; te voilà muet, glacé d'effroi;
De ton frère c'est tout ce qui te reste. Moi,
De mes plus doux espoirs ici je vois le terme;
La fleur de votre paix a péri dans son germe.
Et quand je m'en étais promis des fruits si doux!
Mais je ne devais pas les voir!

DON CÉSAR.

Consolez-vous:
Sincère était la paix entre nous; mais, ma mère,
Le ciel voulait du sang.

ISABELLE.

Ah! tu l'aimais ton frère,
Je le sais; je voyais avec ravissement
Se former entre vous ce doux attachement.
Sa place dans ton cœur désormais était sûre:
Des ans que vous aviez perdus, avec usure
Tu voulais lui donner la compensation:
Le meurtre fut plus prompt que ton affection.
Tu ne peux, à présent, que le venger, ton frère.

DON CÉSAR.

Venez! ici n'est point votre place, ma mère:
A ce spectacle affreux arrachez-vous!

(Il veut l'entraîner.)

ISABELLE, se jetant à son cou :

Tu vis,
Tu me resteras, toi, maintenant mon seul fils !

BÉATRICE.

Malheur ! que faites-vous !

DON CÉSAR.

Oui, sur ce cœur fidèle
Épanchez, épuisez la douleur maternelle !
Non, il n'est pas perdu ce fils que vous pleurez :
Son amour, dans le mien vous le retrouverez.

LE PREMIER CHŒUR.

Rouvrez-vous, blessures !
Qu'en flots noirs le sang
Sorte jaillissant
Par vos ouvertures !

ISABELLE, leur prenant la main à tous deux :

O mes enfants !

DON CÉSAR.

Ma mère ! Ah ! pour moi quelle ivresse
De vous voir lui serrer la main avec tendresse !
Oui, souffrez qu'elle soit votre fille ! — Ma sœur...

ISABELLE, l'interrompant :

Que je te remercie, ô mon fils, son sauveur !
Tu me l'as envoyée, à ton serment fidèle.

DON CÉSAR, étonné :

Qui vous ai-je envoyé, dites-vous, ma mère ?

ISABELLE.

Elle;
Elle qu'ici tu vois; ta sœur.

DON CÉSAR.

Elle! ma sœur!

ISABELLE.

Eh! quelle autre?

DON CÉSAR.

Ma sœur?

ISABELLE.

Elle, que sur mon cœur,
Par ton ordre, aujourd'hui, tes gens ont ramenée.

DON CÉSAR.

Et la sienne!

TOUT LE CHŒUR.

Malheur!

BÉATRICE.

O ma mère!

ISABELLE.

Étonnée
Du trouble où je vous vois, je veux savoir...

DON CÉSAR.

Maudit
Le jour où je suis né!

ISABELLE.

Dieu! mon fils, qu'as-tu dit?

DON CÉSAR.

Maudit le sein qui m'a porté! Maudit, ma mère,
Et votre long silence et son fatal mystère,
Cause de tant d'horreurs! Qu'elle éclate à la fin
Cette foudre qui doit vous déchirer le sein!
Plus de ménagements! — Je l'ai tué, moi-même,
Mon frère; dans ses bras; et c'est elle que j'aime,
Elle dont j'avais fait ma fiancée. — Eh bien?
Il était dans ses bras!! Vous n'ignorez plus rien.
— Si donc elle est sa sœur, — et la mienne, — ma mère,
Mon forfait est de ceux dont jamais sur la terre,
Par aucun repentir, nulle expiation,
Le coupable ne peut avoir rémission.

LE CORYPHÉE DU SECOND CHŒUR.

Le mot est prononcé; vous venez de l'entendre:
Vous savez tout: votre malheur
S'est révélé dans toute son horreur,
Et nous n'avons plus rien à vous apprendre.
Fatalement tout s'est réalisé.
Selon que les devins avaient prophétisé.
A son destin nul ne peut se soustraire;
Et tel qui croit, pour son bonheur, lui faire
La route où sûrement il va le diriger,
Ne l'en subit pas moins. C'est sans y rien changer
Qu'il s'en est fait l'auxiliaire.

ISABELLE.

Eh! de la part des dieux mensonge ou vérité,
Que m'importe à présent? Le coup qu'ils m'ont porté

Est bien le plus cruel dont ils aient pu m'atteindre;
De plus je les défie! — On cesse de les craindre
Quand on ne tremble plus pour rien. — Mon bien-aimé,
Mon cher fils, le voilà gisant, inanimé,
Et je veux fuir celui qui conserve la vie;
En lui je ne vois plus un fils : je le renie!
J'ai porté dans mes flancs, j'ai nourri de mon sein
Ce monstre, et de mon fils il s'est fait l'assassin!
Du meilleur! — Viens, ma fille; ici notre présence
Ne peut se prolonger. Aux dieux de la vengeance
Laissons cette maison. Un crime m'y plaça;
On pourra dire aussi qu'un crime m'en chassa.
Avec répulsion j'y suis jadis entrée;
Tremblante j'y vécus; j'en sors désespérée.
Sans l'avoir mérité, j'ai souffert; mais les dieux,
Les oracles sont saufs, et tout est pour le mieux!

(Elle sort. Diégo la suit.)

SCÈNE SIXIÈME.

BÉATRICE, DON CÉSAR, TOUT LE CHŒUR.

DON CÉSAR, retenant Béatrice :

Ma sœur! ne me fuis pas! demeure! Que ma mère
M'ait maudit, que ce sang crie au ciel, que la terre
Me condamne, il faut bien me soumettre; mais toi,
Toi, ne me maudis pas, ç'en serait trop pour moi!

(Béatrice montre le cadavre, en détournant les yeux.)

Je ne l'ai pas tué ton amant; c'est ton frère,
C'est le mien qui tomba sous ma main meurtrière;

Il ne t'appartient pas, celui que voilà mort,
De plus près, maintenant, que moi qui vis encor;
Pour moi, plus que pour lui, montre-toi pitoyable:
Il est mort innocent, et moi, je suis coupable.

(Béatrice fond en larmes.)

Oui, pleure, mais ton frère, et je veux partager
Cette douleur; — je veux faire plus, — le venger.
Pleure, mais non l'amant; souffrir ta préférence
Pour celui qui n'est plus, n'est pas en ma puissance.
Dans l'abîme sans fond de notre affliction
Que je puise du moins la consolation,
Qui pour moi, désormais, reste unique, suprême,
Qu'il ne t'appartient pas de plus près que moi-même!
Notre horrible destin a fait égaux nos droits
Comme notre malheur : enlacés tous les trois
Dans les mêmes filets, la sœur et les deux frères,
Qui s'aimaient, nous tombons ensemble, et nos misères
Nous rendent de pitié dignes également.
Mais si ton deuil va moins au frère qu'à l'amant,
Mes maux seront mêlés et d'envie et de rage,
Et je n'espérerai plus rien qui les soulage.
A ses mânes, alors, sans plaisir j'offrirai
Le dernier sacrifice. Heureux je le suivrai,
Pourvu que de ta part l'assurance me vienne
Que dans une même urne, et ma cendre, et la sienne,
Tu les recueilleras.

(Il la presse dans ses bras avec passion.)

Ah! c'est que je t'aimais
D'un amour dont mon cœur n'avait aimé jamais,
Alors que tu n'étais pour moi qu'une étrangère;

Il allait au delà de tous ceux de la terre,
Cet amour; il a fait mon malheur : c'est pour lui
Que je suis fratricide et maudit aujourd'hui;
T'aimer fut tout mon crime. — A présent, Béatrice,
Tu n'es plus que ma sœur; pitié pour mon supplice!
Ta pitié! comme un don sacré je veux l'avoir!

(Il l'interroge du regard avec une douloureuse anxiété, puis se détourne vivement d'elle.)

Non, non, pas de ces pleurs! je ne peux pas les voir!
Devant ce mort je sens que mon courage expire;
Le doute de mon cœur s'empare et le déchire.
Laisse-moi mon erreur! Va pleurer à l'écart!
Ne me revois jamais! pour moi, plus un regard!
Je ne veux plus te voir et plus revoir ta mère!
Sa tendresse pour moi ne fut qu'une chimère;
Son cœur vient d'éclater, brisé par la douleur :
De ses deux fils c'est lui qu'elle a dit le meilleur!!
Et c'est ainsi qu'elle a passé sa vie à feindre!
Et toi, fausse comme elle, à quoi bon te contraindre?
Fais voir que tu me hais. D'un aspect odieux
Je te délivre. A toi mes éternels adieux!

(Il sort. Elle reste hésitante, en proie à des sentiments qui se combattent, et, enfin, sort à son tour.)

SCÈNE SEPTIÈME.

LES DEUX CHŒURS.

LE CORYPHÉE DU PREMIER CHŒUR.

Bien heureux et digne d'envie
Qui, dans un champêtre séjour,

Loin du tourbillon de la vie,
Comme un enfant, avec amour,
A la nature se confie!
J'ai, dans la demeure des rois,
Le cœur oppressé quand je vois
Du sort pour eux tourner la chance
Au sein de leur prospérité,
Et, du faîte de leur puissance,
Avec quelle rapidité
Le plus grand est précipité!

Loin des flots orageux du monde,
Qu'à temps on lui fit éviter,
Heureux qui dans la paix profonde
Du cloître est venu s'abriter!
Libre de l'aiguillon que donnent
A ceux qui les ambitionnent,
Les grandeurs et les vains plaisirs,
Heureux qui, dans le saint asile,
Endort en son âme tranquille
Les insatiables désirs!

Bien que dure encor la tourmente
Du monde que, sage, il a fui,
La passion est impuissante
A vouloir s'emparer de lui.
De sa retraite sans orage,
Il ne voit plus la triste image
Que présente l'humanité.
La peste épargne toute cime;
Ainsi le mal, ainsi le crime

Ne montent pas à tous niveaux :
Leur infection se mélange
Aux exhalaisons de la fange;
Dans les cités sont ces fléaux.

DEUX CHEVALIERS DU PREMIER CHŒUR et UN DU SECOND.

Sur le sommet des monts règne la liberté!
De la tombe jamais les vapeurs n'ont monté
Aux régions des pures atmosphères;
Et la perfection est partout ici-bas,
Où l'homme ne pénètre pas
Avec ses maux et ses misères.

TOUT LE CHŒUR.

Sur le sommet des monts règne la liberté!
De la tombe jamais les vapeurs n'ont monté
Aux régions des pures atmosphères;
Et la perfection est partout ici-bas,
Où l'homme ne pénètre pas
Avec ses maux et ses misères.

SCÈNE HUITIÈME.

DON CÉSAR, LES DEUX CHŒURS.

DON CÉSAR, plus maître de lui :

Une dernière fois en maître je commande,
Pour que, ce corps si cher, à la terre on le rende;
C'est le suprême hommage aux morts. Exécutez

Ce qu'exigent de vous mes tristes volontés.
A ce grave devoir vous êtes prêts : naguère
Vous avez à sa tombe accompagné mon père.
Les chants de mort à peine en ces murs ont cessé
Qu'un cadavre par l'autre au sépulcre est poussé,
Qu'un cercueil peut à l'autre emprunter la lumière
Des funèbres flambeaux, et les marches de pierre
Voir le double convoi presque se rencontrer.
Cette fête de mort allez la préparer,
Avec pompe, au palais, dans l'église où repose
La cendre de mon père! — Et toute porte close!
Et silence complet! — Pour le reste, aujourd'hui,
Faites exactement comme on a fait pour lui.

LE CORYPHÉE DU SECOND CHŒUR.

Cette solennité sera vite ordonnée,
Seigneur; ce souvenir de la triste journée,
Le catafalque noir, il est debout encor :
Nul n'a porté la main à l'appareil de mort.

DON CÉSAR.

Au milieu des vivants laisser la sépulture
Béante, n'était pas d'un favorable augure.
Comment donc s'est-il fait que, l'office achevé,
Le sombre échafaudage ait été conservé?

LE CORYPHÉE DU SECOND CHŒUR.

Les malheurs de l'époque et la guerre intestine
Qui bientôt en deux camps vint partager Messine,
Nous ont moins fait donner d'attention aux morts;
Le lieu saint est désert et fermé depuis lors.

DON CÉSAR.

A votre tâche donc! Faites besogne brève!
Que cette œuvre lugubre en cette nuit s'achève!
Que demain le soleil, levé sur ce palais
De tout crime purgé, l'éclaire désormais,
Et qu'y soit plus heureuse une race nouvelle!

(Le second chœur sort, emportant le corps de don Manuel.)

SCÈNE NEUVIÈME.

DON CÉSAR, LE PREMIER CHŒUR.

LE CORYPHÉE.

Est-ce votre désir, seigneur, qu'ici j'appelle
La congrégation de nos religieux?
Depuis longtemps l'église à ces moines pieux
A confié le soin des chants et des prières
Dont l'office des morts se compose.

DON CÉSAR.

Aux lumières
Des cierges, d'âge en âge, à perpétuité,
Que sur notre tombeau leur chant soit répété;
Mais de leur ministère, aujourd'hui, qu'on se passe :
Devant le meurtre fuit la sainteté.

LE CORYPHÉE.

De grâce,
Par ce grand désespoir vous laissant emporter,
Sur vous-même, seigneur, n'allez pas attenter!
Le droit de vous punir, nul ne l'a sur la terre,
Et le ciel est clément au repentir sincère.

DON CÉSAR.

A personne ici-bas ne peut appartenir
Le droit de me juger, le droit de me punir;
Aussi c'est à moi-même à me faire justice.
Que l'expiation saintement s'accomplisse,
Et le ciel, je le sais, daignera l'accepter:
Le sang, c'est par le sang qu'il faut le racheter.

LE CORYPHÉE.

Contre votre maison quand sévit la tempête,
Il serait beau de vous, prince, d'y tenir tête,
Et non d'accumuler douleur sur douleur.

DON CÉSAR.

Non!

Par ma mort je ferai cesser pour ma maison
La malédiction dont elle est poursuivie.
Il n'est que ce moyen : en m'arrachant la vie,
Je romps du même coup la chaîne du destin.

LE CORYPHÉE.

Vous lui devez un maître, à ce peuple orphelin;
Prince, ne soyez pas le second qu'il regrette.

DON CÉSAR.

C'est aux dieux de la mort qu'est ma première dette;
Veuille au soin des vivants un autre dieu pourvoir.

LE CORYPHÉE.

Tant qu'il voit le soleil, l'homme a pour lui l'espoir;
Songez qu'il n'en est plus dans la mort!

DON CÉSAR.

Et toi, pense
Qu'il faut de ton devoir t'acquitter en silence,
Comme doit faire un bon serviteur. Laisse-moi
Obéir à l'esprit dont je subis la loi :
Terrible il me commande, et me pousse, et m'inspire ;
Dans le fond de mon cœur nul heureux ne peut lire.
Et si tu ne veux plus en moi considérer
Le maître que tu dois avec crainte honorer,
Du moins redoute en lui le criminel qu'accable
La malédiction la plus épouvantable,
Et garde en même temps respect au malheureux
Dont la tête est sacrée aux yeux même des dieux.
Lorsque l'homme en arrive aux tourments que j'endure,
Quand pèse sur son cœur le poids qui me torture,
Au compte qu'il en doit ce n'est plus ici-bas
Qu'il peut être appelé.

SCÈNE DIXIÈME.

ISABELLE, DON CÉSAR, LES DEUX CHŒURS.

ISABELLE.

(Elle s'avance avec hésitation et jette sur don César des regards irrésolus. Puis, elle s'approche de lui et lui dit d'un ton assuré :)

Mes yeux ne devaient pas
Te revoir désormais : dans ma douleur amère
Je me l'étais juré ; cependant, je suis mère,
Et la décision qu'une mère en fureur
Prend contre la nature et la voix de son cœur,
Est bien rapidement par le vent emportée.

Je quitte, par un bruit sinistre épouvantée,
Ma retraite de deuil. Dois-je croire, mon fils,
Qu'en un jour tous les deux vous me seriez ravis?

LE CORYPHÉE DU PREMIER CHŒUR, à Isabelle :

Vous-même vous allez l'entendre :
Il veut, résolu, calme, fort,
Et de son propre gré, descendre
Aux sombres portes de la mort.
Tentez maintenant, vous, sa mère,
Ce que peut la force du sang
Et votre émouvante prière :
Mon langage fut impuissant.

ISABELLE.

Cette imprécation qu'éperdue, égarée,
J'ai, dans mon désespoir, contre toi proférée,
Cher fils, je la retire. Ah! l'enfant que porta
Son sein, qu'avec douleur ensuite elle enfanta,
Ne crois pas que jamais le maudisse sa mère.
Le ciel n'écoute pas la coupable prière:
Sur qui la fit monter à l'éternel séjour,
Elle en retombe en pleurs dont le poids est bien lourd.
Quitte un projet funeste, ô mon fils! — Je préfère
L'aspect du meurtrier qui m'a ravi ton frère
A l'horrible douleur de vous pleurer tous deux.

DON CÉSAR.

Vous ne vous rendez pas assez compte des vœux
Que pour vous et pour moi vous exprimez, ma mère.
Je ne puis plus garder ma place sur la terre :

Dussiez-vous supporter, comme vous l'avez dit,
L'aspect du meurtrier que le ciel a maudit,
Je n'endurerais pas, moi, d'une âme aussi ferme
Le reproche muet d'une douleur sans terme.

ISABELLE.

Nul reproche de moi ne viendra t'attrister;
Ma douleur à ton cœur s'abstiendra de porter,
Exprimée ou muette, aucun coup qui le blesse;
Tu la verras se fondre en paisible tristesse.
Nous aurons en commun notre deuil, nos douleurs,
Et voilerons le crime en pleurant nos malheurs.

DON CÉSAR, lui prenant la main et d'une voix douce:

Eh bien! oui, la douleur dont le poids vous oppresse,
Elle sera changée en paisible tristesse,
Et quand la même tombe aura reçu deux morts,
Le meurtrier auprès de sa victime; alors
Que la même urne aussi réunira leur cendre,
Sur nous le bras maudit cessera de descendre.
Plus de distinction entre vos fils; vos yeux
Auront les mêmes pleurs désormais pour tous deux.
La mort est un puissant médiateur, ma mère :
Devant elle s'éteint le feu de la colère;
Et qui se haïssait est réconcilié;
Et, sous le doux aspect d'une sœur, la pitié,
Vers l'urne, double objet de regrets, de tristesse,
Se penche tendrement et dans ses bras la presse.
Ne faites à ma mort nulle opposition :
Laissez-moi désarmer la malédiction.

ISABELLE.

La chrétienté, mon fils, a des pèlerinages
Où l'homme peut, au pied de leurs saintes images,
Retrouver le repos pour son cœur torturé :
De fardeaux bien pesants la Vierge a délivré ;
Autour du saint sépulcre, où fut absous le monde,
La bénédiction plane toujours féconde.
On fait intercéder les âmes craignant Dieu :
Leurs mérites sont grands ; et sur le même lieu
Où le bras meurtrier versa le sang d'un homme,
Du temple expiatoire on peut dresser le dôme.

DON CÉSAR.

Oui, retirer du cœur la flèche, on le pourra ;
La blessure, jamais on ne la guérira.
Non ! vive qui le peut la rigoureuse vie
Où la contrition, la pénitence expie
Une faute sans fin ! pour moi, non ! je ne peux
Vivre le cœur brisé. J'ai besoin que mes yeux
Au milieu des humains portent ma propre joie ;
Qu'aux flots purs de l'éther qui sur moi se déploie,
Mon esprit, et s'élève, et puise librement.
Si quand vous nous faisiez la part également
Dans votre affection maternelle, l'envie,
— Vous le savez fort bien, — empoisonnait ma vie,
L'avantage qu'il a sur moi par vos regrets,
Croyez-vous qu'à présent je le supporterais?
La mort a le pouvoir d'ôter toute souillure ;
La mort, dans son palais impérissable, épure
Tout ce qui fut mortel, l'a bientôt revêtu

Du plus splendide éclat dont brille la vertu,
Et de l'humanité chaque tache s'efface.
Autant que de la terre au ciel est grand l'espace,
Ma mère, autant plus haut que moi le voilà mis.
De même qu'elle a fait de nous deux ennemis
Quand, frères, nous étions égaux, ainsi l'envie
Me rongera le cœur, toujours inassouvie,
A voir que de nous deux à l'immortalité
Le premier il atteigne, et sans rivalité
A craindre désormais; et qu'il ait cette gloire
Que, comme on fait d'un dieu, l'on garde sa mémoire.

ISABELLE.

Oh! ne vous ai-je donc ici fait revenir
Que pour avoir tous deux à vous ensevelir?
Quand je vous rappelai de votre longue absence,
Vous réconcilier était mon espérance;
Le sort s'est contre moi tourné cruellement!

DON CÉSAR.

Ne vous emportez pas contre ce dénoûment;
Le sort tient sa promesse: au palais de mon père,
Dans un désir de paix rentrés tous deux, ma mère,
Nous le voyons tout près de se réaliser;
Ensemble, en paix, tous deux nous allons reposer
Au séjour de la mort.

ISABELLE.

Vis, mon fils! que ta mère
Ne soit pas sans amis sur la terre étrangère,
Exposée à subir l'insulte et le mépris,
Pour n'avoir plus l'appui que lui prêtaient ses fils.

DON CÉSAR.

Si d'un monde sans cœur sur vous l'insulte tombe
Venez chercher refuge auprès de notre tombe,
Invoquez-y vos fils, ma mère : nous serons
Au rang des dieux alors, et nous vous entendrons;
Et comme les gémeaux de la céleste voûte
Qui du navigateur illuminent la route,
Nous nous rapprocherons de ce cœur accablé,
Qui retrouvera force et sera consolé.

ISABELLE.

Pour ta mère, ô mon fils, vis! pour elle! Lui faire
Perdre tout à la fois, c'est la tuer, ta mère!

(Elle l'enlace de ses bras avec passion; il se dégage doucement et lui tend la main en détournant le visage.)

DON CÉSAR.

Adieu!

ISABELLE.

C'en est donc fait! Avec douleur je voi
Que ta mère n'a plus aucun pouvoir sur toi!
Peut-être une autre voix à ton cœur pourra-t-elle
Se faire entendre mieux que la voix maternelle?

(Elle va vers le fond du théâtre :)

Viens, toi, ma fille, viens! Puisque son frère mort,
Pour l'entraîner à lui, sur son cœur est si fort,
Peut-être pourras-tu, toi sa sœur bien-aimée,
Par tous les doux espoirs dont la vie est charmée,
Le séduire, obtenir qu'à la clarté du jour
Il ne renonce pas.

SCÈNE ONZIÈME.

BÉATRICE, qui paraît au fond du théâtre; **ISABELLE, DON CÉSAR, LES DEUX CHŒURS.**

DON CÉSAR, vivement ému à l'aspect de Béatrice, se cache le visage:

Ma mère! à quel détour
Vous...

ISABELLE, amenant Béatrice :

Il n'écoute point sa mère suppliante :
Conjure, implore, presse, et qu'à vivre il consente!

DON CÉSAR.

O ruse d'une mère! A ce point me tenter!
Dans de nouveaux combats vouloir me rejeter!
La lumière du jour, me la rendre plus belle,
Plus chère, en mon chemin pour la nuit éternelle!
— Le voilà, le voilà, puissant et gracieux,
Cet ange de la vie! Il répand à mes yeux
Les fleurs, les fruits dorés qui de sa main féconde
S'échappent par torrents en parfums de ce monde!
Mon cœur s'épanouit aux rayons du soleil!
Lui, que déjà la mort frappait de son sommeil,
Renaît à l'espérance, à l'amour de la vie!

ISABELLE, à Béatrice:

Qu'il ne nous laisse pas sans appui : va! supplie!
Toi seule peux ouvrir ce cœur qu'il tient fermé.

BÉATRICE.

Il faut une victime à ce mort bien-aimé;

Il la veut; donnons-la; mais c'est moi qui veux l'être,
Moi, vouée à la mort même avant que de naître.
Le sort qui nous poursuit, qui réclame-t-il? moi,
Moi, qui dérobe au ciel chaque jour que je voi.
Qui l'a tué? c'est moi! La haine était calmée
Dans vos cœurs, n'est-ce pas moi qui l'ai rallumée?
C'est à moi d'apaiser les mânes de ce mort.

LE CORYPHÉE DU PREMIER CHŒUR.

O mère infortunée! ainsi voir à la mort
Courir tous vos enfants! Ils vous laissent sur terre
Sans joie et sans amour!

BÉATRICE.

Ne va pas, toi, mon frère,
Sacrifier tes jours; ils sont précieux. Vis
Par amour pour ta mère; elle a besoin d'un fils!
Sa fille, elle ne l'a qu'aujourd'hui découverte;
Elle supportera facilement la perte
D'un bien qu'elle n'aura qu'un moment entrevu.

DON CÉSAR, profondément blessé, à sa mère :

Que lui fait notre vie ou notre mort, pourvu
Qu'à son amant, ma mère, elle soit réunie!

BÉATRICE.

C'est à ton frère mort que tu portes envie?

DON CÉSAR.

Il vit dans ta douleur ainsi que les élus;
Moi, quand je serai mort, je ne compterai plus.

BÉATRICE.

Mon frère!

DON CÉSAR, avec l'accent de la plus vive passion:

Est-ce sur moi que tu pleures?

BÉATRICE.

Mon frère,
Vis! conserve tes jours à ta mère!

DON CÉSAR, quitte sa main et recule:

A ma mère?

BÉATRICE, se penchant sur son sein:

Vis pour elle, mon frère, et console ta sœur!

LE CORYPHÉE DU SECOND CHŒUR.

La victoire lui reste! Elle a touché son cœur!
Il n'a pu résister à sa voix suppliante.
— Rien ne consolera votre douleur cuisante,
Madame, et cependant, espérez: il vivra,
Il vient d'y consentir, un fils vous restera!

(Un chant d'église se fait entendre; la double porte du fond s'ouvre; on aperçoit le catafalque dressé dans la chapelle et le cercueil entouré de candélabres.)

DON CÉSAR, tourné vers le cercueil:

Non, tu ne perdras pas ta victime, mon frère!
Le sacrifice est prêt. Les larmes d'une mère,
Les supplications de l'amour n'auront pas
Le pouvoir de ta voix du cercueil. Dans mes bras
Je presse en ce moment un bien qui pourrait faire
Que, le bonheur des dieux, on le goûtât sur terre.

Mais moi, le meurtrier, heureux, moi je vivrais,
Quand au fond du tombeau, toi, si pur, tu serais
Sans vengeance? Ah, que Dieu, dont ce monde est l'ouvrage,
Le préserve de voir ce révoltant partage!
— J'ai vu qu'aussi pour moi l'on a versé des pleurs:
C'est le cœur satisfait que je te suis. Je meurs!

(Il se frappe d'un poignard et glisse mourant aux pieds de sa sœur, qui se jette dans les bras de sa mère.

LE CORYPHÉE DU PREMIER CHŒUR, après un profond silence:

Je reste l'âme consternée,
Et je ne sais pas si je dois
Plaindre ou non cette destinée.
Devant tant de malheurs, je vois.
J'ai la conviction profonde,
Que parmi les biens de ce monde
Il ne faut point placer la vie au premier rang,
Et que de tous les maux le crime est le plus grand.

FIN DE LA FIANCÉE DE MESSINE.

www.ingramcontent.com/pod-product-compliance
Ingram Content Group UK Ltd.
Pitfield, Milton Keynes, MK11 3LW, UK
UKHW031850260826
14628UKWH00002B/689

9 782016 174135